うどんの時間

山下貴光
Yamashita Takamitsu

文芸社

Happiness
taste of
Sanuki-Udon

CONTENTS

登場人物紹介

佐草《さくさ》健太郎《けんたろう》
高校卒業後ロックスターを夢見て勘当同然に上京するが、まったく芽が出ず10年を過ごす。

佐草《さくさ》仁亜《にあ》
変わり者だが心優しい健太郎の弟。専門学校を辞めて、父の店を手伝おうとしていたが…

佐草《さくさ》作治《さくじ》
通も唸る実力うどん店店主で健太郎の父。頑固職人で、健太郎とはいがみ続けている。

佐草《さくさ》十和子《とわこ》
13年前に病気で亡くなった健太郎の母。いまも店には彼女の存在が漂う。

田辺《たなべ》文子《ふみこ》
亡き母の友人で古くからの従業員。佐草家にはなくてはならない存在。

瀬能《せのう》京香《きょうか》
店に住み込みで働く作治の弟子で健太郎の教育係。並々ならぬうどん愛の持ち主だが…

時実《ときざね》紗彩《さあや》
老舗テーラーで修業し、去年寿商店街で独立を果たした幼なじみ。男勝りな性格。

阿野《あの》雄太《ゆうた》
家が近く高校まで一緒の幼なじみ。気弱な性格だったが、今や町を守る香川県警刑事。

高岡《たかおか》宗助《そうすけ》
高岡薬局の小学四年生の息子。商店街夏祭りのプロレス余興に悩む。

木南《きなみ》雅彦《まさひこ》
生花店の長男で寿商店街青年団団長。商店街の復興に燃える健太郎の後輩。

宇野《うの》清喜《せいき》
市内の自宅アパートで殺害された前科者。

menu 1

さんぽナビ

解散だ、と告げられた数週間後に、死んじゃった、と言われた。

いいことがあったあとには悪いことが待っている、と目の前の幸福を素直に喜べず、不安に思ったりする。逆に、悪いことのあとにはいいことが待っている、と信じ、目の前の不幸を乗り越えようと奮闘したりする。その通りの世の中ならわかりやすく楽なのだけれど、得てして悪いことのあとにやって来るのは、やはり悪いことだったりする。俺はそんな最低な気分を味わっていた。

五年の間、メジャーデビューを目指してともに活動してきた音楽仲間が興奮気味に、活動は終了だとがなり立てた。音楽性の相違や将来への不安から出てきた言葉ではなく、冷めた、飽きた、という理由が当てはまるわけでもなく、原因は至極情けないものだった。

仲間のドラム担当が、ギター担当の恋人と浮気をした。その事実が明るみになり、二人の関係にひびが入る。その亀裂は修復不可能で、砕け、そして解散。結論は早く、説得をするも聞く耳を持たず、決断は固いものだった。一つの過ちが五年という時間を台無しにしたというわ

けだ。

俺の手元に残ったのは後味の悪さと脱力感、そして四人が仲間だったという証の数枚の写真だけだった。仲間のベース担当とドラム担当は数日後に新しいバンドで活動を再開し、ギター担当は音楽活動を断念し、郷里に戻ることを決める。

ボーカル担当の俺は……。

狭い部屋の中で天井を見上げ、アルバイトの時間になると起き上がる。時々、携帯電話が鳴って友人からの誘いがあるが、外出する気分にならなかった。また今度、と断る。そんな生活が二週間つづいた。

怒りや落胆よりも、案外すっきりとした気分だった。しかしそれよりも、このままでは腐ってしまうのではないか、と不安のほうが強い。誰にも認められず、成長することもなく、ただ時間が過ぎるのみ。飯を食べ、働き、排便する自動人形。溜め息が充満して臭ってきそうだ。

それが俺に訪れた最初の不幸だ。新たな不幸が訪れたのは、さらに数週間後のことだった。

弟が死んだ。それを知り合いのおばちゃんからの電話で知った。事故だったそうだ。弟は自転車に乗っていて、脇道から飛び出してきた乱暴な運転の乗用車に撥ねられた。運転手はほとんど酩酊状態だったらしい。

そう説明しながら、おばちゃんは電話の向こうでむせび泣いた。俺の反応はといえば、驚き、そして焦るくらいで、バンド仲間に解散を告げられた時とほぼ同じだった。突然のことで実感が湧かなかった、というのもあるが、弟とはここ十年間ほど顔を合わせておらず、もちろん年に何度かは連絡を取り合っていたのだが、距離の遠さのためなのか、硬いものにぶつかったような衝撃を感じはしたが、悲しみや寂しさという感情が遅れているようだった。

「わかった」と冷静とも思える口調で、通話を切った。

四国にある実家に帰る新幹線の中で、弟の顔を思い出した。頭に浮かぶのは九歳の弟で、とても幼い。しかし、甦る弟の声は大人びており、違和感があった。

高校を卒業して、俺はすぐに家を飛び出した。上京することで自分が大きく輝ける、と疑いなく信じていた。武器は無鉄砲なほどの勢いと無尽蔵にも思えた体力。安価なギターを手に入れ、意気揚々と音楽に熱中した。

けれど現実は厳しく、ライバルは多く、実力も伴わない。上京して二年目に壁にぶち当たり、バンドを移籍。それから何度も再出発を繰り返しながら、現在まで至る。チャンスらしいチャンスはなかった。

啖呵を切って家を出た手前、帰郷することもできず、家族とはすれ違いがつづいた。気づけば十年が経過しており、俺は二十七歳に、弟は十九歳になっている。その年齢になれば当然、声変わりもしていて、弟の成長を感じ取れるのは、電話からの声だけだったのだ。

弟は変わった男だった。あれは去年のクリスマスイヴの日だったらしいが、弟は恋人のいない者たちを集め、俺たちにできることはみんなの幸福を願ってそっと演出することだけだ、という考えのもと、多くの鈴を購入し、その鈴を振り鳴らしながら、深夜の住宅街を歩いたそうだ。

鈴の音を聞いた者たちはサンタクロースだと思って幸せな気分になれる、という善意の気持ちだったらしいが、現実の反応は、鈴を振りながら歩く集団は気味悪がられ、警察の登場となった。

弟は職務質問する警察官に、「俺たちはみんなを幸せにしたいだけなんだ」と説明したそうだ。だったらその奇行をやめてくれ、という警察官に対しても、「見るから駄目なんだ」と引き下がらなかった。「幸福の正体なんて見たら、そりゃがっかりする」と窓から外を覗いた住人が悪いかのように不満を口にしたらしい。「本当の幸せなんて結局、取るに足らないものなんだから」と。

おばちゃんが可笑しそうにそう話してくれた。

そのエピソードをもとに作った曲が『don't look』。評判は上々だった。

弟の先輩が結婚の報告をした際の話も傑作だった。「結婚式にはもちろん出席してくれるだろ」と訊く先輩に対して、「先輩は、俺がいないと結婚式も挙げられないんですか」というユニークな返答をした。「それほど暇じゃないんです」と何に手が離せないでいるのか、迷惑そうに失礼な発言をしたのだそうだ。

弟の発言は冗談などではなく、大真面目であり、先輩はその言葉に思わず噴き出した。弟は言葉通り本当に結婚式に出席せず、一応の祝いの言葉はあったそうだが、「結婚がそんなにめでたいことなんですか」と半年後に待ち受ける離婚を予見していたかのような口振りで、そう言った。「こんなに幸せな気分なんだから、めでたいに決まってるだろ」と先輩は返事したが、あの時の言葉は取り消したい、と電話口で嘆いたらしい。

そのエピソードをもとに作った曲が『結婚鎮魂歌』。評価は最低だった。

「兄貴、バンドが解散したくらいなんだよ」と弟が励ますように言ったのは、つい最近のことだ。久しぶりに弟から電話があり、会話の中で愚痴るように現状の報告をした。

「人と別れることなんて、小さな頃から何度も繰り返してきたことだろ。母さんとは病気が原因で兄貴が十四歳、俺が六歳のときに別れた。兄貴はもうすぐ二十八歳になるんだろ。そろそろ慣れろよ」

「佐草仁亜《さくさにあ》」

俺は弟をフルネームで呼ぶ。変わった名前で、ニアとは、近いという意味の英語『near』から取ったものらしく、誰とでも仲良く近い存在でいられるように、神の近くにいて愛されますように、という二つの願いが込められたものらしい。

「別れ、ってのは慣れるものじゃねえだろ」俺はつづけた。「そういうお前も別れのつらさから逃げたことがあったじゃねえか、思い出せ」

「な、何だよ」仁亜の声が引き攣る。「どういう意味だよ、佐草健太郎《さくさけんたろう》」

健太郎というのは、俺の名前だ。健やかに強く育って欲しい、という願いが込められているらしい。弟の名前と比べれば平凡なものだ。

「お前は小さな頃から誰かを好きになるたびに、俺に報告してたよな」

最初の報告は小学校三年生のとき。おそらくそれが弟の初恋だったと思う。いちいち覚えてはいないが、それから恋をするたびに何度も報告を受けた。

どうしてそんな報告をするんだ、と訊ねたことがある。弟は照れたような調子で、「これはおまじないなんだ」と答えた。「兄貴に報告して告白をすると、成功率が上がるんだ」と笑う。

俺は恋愛成就のお守りということか、と返すと、「そんなにいいものじゃないだろ」と失礼なことを言われた。

「それがどうしたんだ」

電話口の仁亜の声が、身構えるようなものになった。

「でも、別れた、という報告は聞いたことがねえ」

「悪い報告は聞きたくないだろ。それだけだ」

「ニュージーランドに留学したのはどうしてだ?」

俺はじわりじわりと弟を追い込む。高校二年の夏、弟は夏休みを利用して一ヵ月間以上、日本を出た。

「英語を勉強したかったからに決まってる」

「嘘だ」俺はぴしゃりと言ってやる。「留学をしてもいまだに英語は喋れねえ」

「兄貴、語学留学をしたからって、一ヵ月程度じゃ簡単に英語を習得できない。世の中はそんなに甘くない」

「努力が足りなかった、ってことか」

「心外だな。成果はあったよ。ほかの成果なら、ちゃんとあった」

「どんな成果だ？」

「羊を数えても眠くならなくなった」仁亜はぬけぬけと言う。「俺が留学した街っていうのが、オークランドのような都会じゃなくて、ずっと南の田舎だったから、暇潰しといえば、羊を数えることくらいなんだ。だから慣れたんだな」

「そうじゃねえだろ」俺は何もかも知っているのに、もったいぶるような沈黙を作る。何だよ、という不安げな声音が聞こえたところで、「留学の成果ってのは、失恋の傷が癒えたことじゃねえのか」と突きつけるように声を発した。

さすがの弟も驚いているようで、すぐには反応が返ってこない。

「おばちゃんに聞いたんだ」と説明すると納得したように、そういうことか、という声が聞こえた。

「高校一年の終わりに大きな失恋をしたんだってな。中学の頃から二年間以上付き合ってた彼女に別れを告げられた。その直後に、留学を言い出した。これは偶然か？」

仁亜が落ち込んで元気がない、という心配の電話がおばちゃんからかかってきて、詳しく訊くと、どうやら失恋が原因らしかった。女性不信にならなければいいんだけど、とおばちゃんが嘆息をこぼすほど気にしていたので、「男ってのは人生の中で一度は女性不信になるものだ」と言ってやった。

仁亜は考えるような間を空けたあとで、「何だ、知ってたのか」とあっさり認める。「あいつってひでーんだぜ。いきなり、好きな人ができた、って言うんだ。でも、そう告白したときには、もうその人物と付き合うことにしてたらしくて、好きな人ができた、っていうか、別の男と付き合う準備が整ったから別れてくれ、ってことだろ。好きな人ができたのは、もっと前だ。俺は何も知らずにそんな彼女と付き合ってたわけだよ、笑ったりしてさ。ショックは大きいよ」

「それで日本を出ようと思ったのか」

「日本を出るしかないよ。ニュージーランドしかない」

「それしかねえのか」俺は可笑しくなる。「ニュージーランドってところは凄いんだな」

「兄貴もニュージーランドに行けばいい。絶対にお薦めだ」

「それで解散のショックが癒えるのか？」

「そうじゃないって。羊を数えても眠くならなくなる。成果はそれだけ」仁亜は淡々と言う。

「結局、ニュージーランドに行っても失恋の傷は癒えなかったんだ。癒してくれたのは、音楽」

「やっぱ音楽か！」

俺は声を送話口に叩きつけた。

「同じ下宿先に日本からの留学生がいてさ、二つ年上だったかな。部屋が隣だった。彼はギターを持ってて、めちゃくちゃ上手いんだよ。毎晩、ギターの音が聴こえてきた。英語の歌詞だから何を言ってるのか理解できなかったけどさ、ビートルズの曲だって言ってた」

「その男の歌を聴いて、癒されたってわけか。だったら俺の歌を聴かせてもよかった」

「違うよ、違う」電話口で首を振ったのか、雑音が聞こえてきた。「彼のギターを貸してもらってさ、歌ったんだよ」

「ギターを弾けたのか、仁亜」

「そんなのは適当だよ。歌詞だっていい加減。ほとんど叫んでただけ。馬鹿野郎、とか、ふざけんなー、って感じ。彼女に対する不満なんかを言ったりして。本当にすっきりしたんだ」

「胸に溜まっていたものを吐き出したわけか。いいかもしれねえな」

自分なら何と叫ぶだろう、と考えたのだが、弟とまったく同じ台詞だったので、苦笑した。

「でも、ニュージーランドも本当にいいんだぜ。兄貴にはお薦めなんだけどなあ」

「羊を数えても眠くならないことに何の意味があるんだよ」俺は笑う。「役に立ったのか？」

「兄貴、そんなこと言ってるとつまらない男だと思われるぞ」

「それで結構だ」

だから観衆の胸に響く音楽が書けないのかもしれない、と卑屈な発言をしようとも思ったが、それでは自分があまりにも可哀相すぎて、だからやめておいた。

それから仁亜は、電話を切る直前に、「どうせすぐに会える」という予言めいたことを言った。この十年間まったく会ってないのに？　との疑問を向けると、「兄貴、疑う理由になってない」と言われた。

納得のできる指摘で、「じゃあ、楽しみにしてる」と俺は答えた。

新幹線の窓の外を流れる風景をぼんやりと眺めながら、そんな会話を思い出した。あの予言はこういう状況を言い当てていたのだろうか、とふと思う。事故だと言っていたが、まさか自殺ではないだろうな、と勘繰ってしまいそうになったが、すぐに否定できた。会う、というのとは違う気がするし、弟の性格を考えるとその可能性は低いと思った。

深刻な悩みがあれば、弟はギターを購入し、乱暴に掻き鳴らすはずだ。

唐突に口内に広がった苦味の正体が何なのかはわからない。自分の置かれた状況や気分が具現化し、舌の上に載ったのかもしれなかった。

慌ててビールを流し込んだ。それでも苦味はいっこうに消えない。

岡山駅で新幹線から在来線に乗り換え、一時間ほどで実家の最寄り駅に到着した。午後十一時を過ぎれば駅周辺は静かになり、人影も少ない。行き先に迷ったような若者が数人と、酔っ払いのサラリーマンがベンチに横になっているだけだ。音も少なく、町の発展や開発は鈍いようで記憶の中の風景とさほど変化はない。

駅舎を離れるとすぐに小さなアーチが目に留まった。街路灯の薄明かりに照らされ、闇の中でぼんやりと浮かび上がっている。

今日もニコニコ寿商店街。

誘い文句もあの頃のままだった。奥に向かって真っ直ぐに延びる小さな商店街は十年前に夕イムスリップでもしたかのように、そのままの姿で存在している。田舎の商店街が夜中近くまで営業しているわけもなく、どの店舗もシャッターが閉じられて静かなわけだが、瞼を閉じると賑わいが感じられるようだった。

懐かしさに安堵し、心が緩む一方で、啖呵を切って町を離れて成果はあったのか、と嘲笑されているような気もして、途中で歩調が弱々しくなった。

商店街の中ほどまで進むと一軒の店舗が目に映る。足を止め、建物と対峙するように向かい合った。こちらも十年前と様相を変えていない。築百年近い日本家屋を改装して営業するうどん店だ。明かりはなく、いりこ出汁《だし》の香りもなく、静かに眠っているようだった。

呼吸を止めていることに気づき、大きく深呼吸をした。再び歩を進める。

実家は商店街を抜けた先にある、五階建てマンションの一室。県道沿いに建つそれは十年という年月の経過を感じさせるもので、外壁は汚れ、傷み、一気に老化したようにも見受けられる。いたわるつもりはなかったが、壁をぽんぽんと叩き、階段を上った。

三階の最奥、308号室の扉の前に立つ。窓からは明かりが漏れ、小さな生活音が聞こえた。インターホンを押すことに迷いが生じ、時間がかかった。頭に浮かぶ父親の顔が、俺の動きを鈍くさせている。

陳腐なインターホンの音に反応してドアが開いた。

「健ちゃん……」

出てきた女性は嘆息を落とすようにつぶやいた。亡くなった母の友人で、うどん店を営む父親のもとで古くから従業員として働く女性、田辺文子《たなべふみこ》。弟の訃報を伝えてくれたのも彼女だ。母が亡くなってからというもの何かと世話を焼いてくれる彼女は、佐草家にとって重要な人物であることに間違いない。結婚はしておらず、親父の再婚相手ではないか、と噂になったことがあるが、いまだに喜ばしい報告は受けていない。

「おばちゃん、遅くまでごめん」

俺は、十年前よりも体型が丸くなり皺の増えた文子に頭を下げ、玄関を潜った。

短い廊下を歩く足が緊張している。弟の部屋を通り過ぎた。

「おばちゃん、仁亜は?」

「……葬儀場に」

「親父は?」

「さっきまで葬儀場にいたんだけど、今日一日何も食べてないから、仁亜ちゃんのことは作治《さくじ》さんのお姉さんにお願いして戻ってきたの」

「じゃあ、いるのか」

気が重くなる。リビングへとつづくドアを開けた。

十五畳ほどの広さの部屋には必要最低限の物しか置かれていない。テーブルに座椅子、古いタンスに小さな棚のみ。テレビもなかった。使い古されたラジオの音だけが静かな部屋に流れている。

背筋を伸ばし、細身の男がどかっと腰を下ろしていた。背後で音がしたにもかかわらず振り向きもしない。

「ほら、作治さん。健ちゃんが帰ってきましたよ」

文子が父と息子の距離を縮めようと気を遣う。

気まずい沈黙が流れた。実家であるにもかかわらず寛げず、窮屈な心地がする。何と声をかけてよいものかわからず、座ることも忘れていた。

「……弟が死んで帰郷か」

親父が振り返らずにつぶやいた。苛立ちの感情が見え隠れしている。

「何だよ、その言いぐさ」言葉をぶつけた。「大口を叩いて出て行ったくせに故郷に錦を飾れねえ、情けない息子で悪かったな」

「ああ」重い返事がある。「悪いな」

「ちょ、ちょっと二人とも」慌てて文子が間に入った。「久しぶりに会ったんだから、もっと穏やかに。ね、作治さん」

「おばちゃん、親父はいつもこうだ。知ってるだろ、俺たちの間に穏やかなんて言葉は存在しねえよ。息子を理解しようとする気持ちが欠けてんだ」

「でも、こんな日に喧嘩をしなくても……」

「勝手に家を出た奴のことなど、ほっとけ」

親父が目の前の茶をずずっと音を立てて飲んだ。

「そういうことだよ、おばちゃん」

脱力するような表情を浮かべた直後、廊下で音が鳴るのが聞こえた。床板を踏みしめ、軋むような音だ。

俺は振り向き、いままさに開こうとする扉を眺めた。

現れたのは一人の女性。二十代半ばくらいだろうか、黒髪を後ろで束ね、地味な服装をしていた。化粧をすれば映えそうな顔立ちだが、大人の女性としての礼儀程度に施しただけのようだった。見惚れるほどの美人ではないが、清楚な雰囲気が漂う。

「誰？」

俺は当然、質問を投げた。

「誰でもいい」親父は言い放つ。「お前には関係ない」

「この子は瀬能京香《せのうきょうか》さん」文子が紹介した。「作治さんの弟子なのよ。三年半くらい前からお店の二階に泊まり込んで働いてるの。京香ちゃん、こちらは作治さんの息子さん。仁亜ちゃんのお兄さんよ」

「はじめまして」京香は姿勢を低くし、頭を下げた。「お父様にはお世話になっています」

「こいつがお父様?」鼻で笑う。「うどんの修業をしたいなら、ほかを当たったほうがいい。いつまで経っても一人前にはなれねえぞ」

「半人前にもなれねえ奴が偉そうに口を動かすもんだ」親父が嘲る。「京香、馬鹿に挨拶は無用だ。明日は早い、戻って寝ろ」

京香は居心地悪そうにきょろきょろと視線を動かし、師匠の言いつけに頷いた。

「偉そうなのはどっちだよ」

俺は不満をぶつけた。

「健ちゃんも疲れたでしょう。明日は忙しくなるし、もう休んだら? いいわよね、作治さん」

「勝手にしろ」親父が立ち上がる。「けどな、お前の部屋はもうないぞ。寝るなら廊下で寝ろ」

「作治さん、どちらに?」と文子が訊ねる。

「寝る」

親父は京香を押し出すようにして、部屋を出て行った。

「おばちゃんもあんな親父のところで働くのは疲れるだろ。きっと給料も安い。転職を考えたほうがいいぞ」

ふふ、と文子が微笑む。

「何？」

「十年前、健ちゃんがこの家を出る時も同じようなことを言ってた」

覚えがなかった。「そうだっけ。物覚えがいいな、おばちゃん」

「年を取ると先が短いからかしらね、昔のことが鮮明になるのよ」

「へー、そういうもの」


弟の葬儀は、若い男が祭壇に向かって恨み言を叫んだり、お腹の大きな女性が、「あなたの子供よ」と乱入して来たりというトラブルもハプニングもなく、しめやかに執り行われた。専門学校のクラスメイトという若者たちが、「温泉に行く計画をしていたのに」と残念がるくらいだった。あまりにも順調すぎて、俺が来るまでにみんなで予行演習をしていたのではないか、と疑うほどだ。

俺は読経が終わるまでずっと、仁亜の遺影を眺めていた。笑顔の仁亜はちゃんと大人になっていて、髪型も坊主頭ではなく、清潔に整えられている。少年だった弟が死んだのではなく、青年になった弟が死んだのだな、と思うと奇妙な感じがした。

棺の中で花に囲まれながら横たわる弟は遺影とも違い、事故による損傷もあったのだが、白く冷たく、これが死というものなのか、と息苦しい心地になった。しかしそれは弟の死にではなく、死というもの自体に恐れおののく、といった感覚で凝視することができず、白い菊の花を弟の右腕あたりに置き、すぐに離れた。

悲しみも寂しさも、まだ遅れている。何というか、暗い気分にはなったのだが、その暗さが周りの雰囲気に中《あ》てられたためのものなのか、それとも胸の底から湧いてきた、純粋な暗さなのかは判然としなかった。しっくりとこない陰気さだったのだ。

そのため、感情的になって涙を溢れさせることはなく、不思議なほど冷静で、薄情な兄のような気がして、仁亜に申し訳ない気分になった。

隣で座る親父も涙一つ見せずに参列者に対応していた。昨夜よりも険しい顔になってはいたが、悲しみを溢れさせるようなことはなかった。母の葬儀でも同じで、この男には感情というものがないのか、と当時は思ったものだが、その冷徹さを受け継ぐように冷静な自分に腹が立つ。

親族席に座ることを遠慮していた文子だけが大粒の涙を流していた。親父の弟子である京香も仁亜と親しかったらしく、目を真っ赤にしている。死者に対する正しい見送り方に思えた。

葬儀が終わった直後、懐かしい顔が現れた。時実《ときざね》紗彩《さあや》と阿野《あの》雄太《ゆうた》の二人。両人とも家が近く幼馴染みという間柄で、雄太とは高校まで同じだった。

挨拶を済ませたのち、紗彩が口を開いた。

「大丈夫、健太郎。落ち込んでない？」

十年という時は女を変えるらしい。高校まではソフトボール部のキャプテンで女性らしさの欠片もなかった紗彩が色白美人になっており、名前を伝えられるまで気づかなかった。戸惑いながら答える。

「まあ、少し」

嘘をついた。落ち込む、というほどの暗さを抱えてはいなかった。

「元気が必要ならいつでも話を聞くから、遠慮なくうちの店に寄ってよ」

「店？」

「あ、そっか、健太郎は知らないんだよね。わたし今ね、寿商店街でテーラーをやってるの」

「そういえばお前、洋裁の専門学校に進学したんだったよな」

「そう。卒業後は高松市の老舗テーラーで修業して、去年、独立したの」

「店か、すげーな」

「まだぜんぜん駄目」紗彩がくたびれたような表情で首を振る。「赤字つづきだし」

「で」俺は隣の男の肩に腕を回した。ぐっと押さえつけて首を絞め、左手で腹部を軽く殴る。

「雄太はまだ事務機器の営業をつづけてるのか？　ちょっとは出世しただろうな」

「……け、い……」

「は？」

「その中学生のノリはまずいと思うよ、健太郎」紗彩が忠告する。「雄太はこう見えても、今は立派な警察官だから」

「えっ」驚きで声が裏返った。「警察って……犯罪者を捕まえるのかよ、お前が？」

想像できなかった。小学生の頃は泣き虫で、いつも俺か紗彩の後ろに隠れていた。中学生に上がると軽いいじめを受け、俺が力ずくで解決した。高校になって身長が伸び、周囲を見下ろすくらいの体格になってからは、からかわれることはなくなったが、あの気弱な雄太が警察官とは冗談を耳にしているような気分にもなった。

「そういわれりゃ、昔よりも肩のあたりががっちりとしたか」

「昔から警察官に憧れてて」雄太は照れ臭そうに頭頂部を掻いた。「事務機器の会社は一年で辞めたんだ。それから警察学校に入って……。あれ、言わなかったっけ」

思い出そうと試みるが、記憶に引っかかるものはなかった。

「聞いてねえよ。お前は昔からいつも肝心なことを話さない」

「今は刑事課の刑事さんだよね」と紗彩。「出世した」

「といっても、県警本部じゃなく小さな警察署の一刑事だけど」

「すげーよ」

俺は雄太の背中を叩いた。

素晴らしい変化を見せていないのは、俺だけ。幼馴染みの成長がより自分の停滞を際立たせた。いや、もしかすると俺は後退しているのかもしれない。何者にもなれず、ただ時を浪費した。勢いや自信をなくしたぶん、俺は確実に小さくなった。

「姉ちゃんもお悔やみを……」

俺はその言葉に敏感に反応する。雄太の姉には小学生の頃、よく叱られた。弟をいじめるな、と頭を引っぱたかれ、追いかけ回された。幼い頃の苦い体験は大人になっても影響するらしい。

「来てるのか？」

きょろきょろと周囲を確認した。

「姉ちゃんは今、県外。経営してるネイルサロンが忙しくて帰ることができなかったんだ」

「……そうか。礼を伝えてくれ」

「でさ」

紗彩が言う。その瞳に感興の色が滲んでいるように窺えた。

俺はこれから投げかけられるであろう彼女からの質問に怯える。

「健太郎のほうはどうなの？　音楽活動」

やっぱりそれか。

「まあ、ぼちぼち」

そう答えるのが精いっぱいだった。

「仁亜に聞いたよ、ライブはいつも満員なんだって？　ファンの女の子もたくさんいるって」

一年ほど前に仁亜と電話で話した際、虚栄を張って話した内容を、紗彩は聞いたようだ。現実はチケットを売りさばくのにも苦労するうだつの上がらないバンド。熱烈なファンなど皆無と言ってよかった。

バンドの解散については知らないようで、そのことについては触れなかった。

「いつも満員、ってのは言い過ぎだって。ライブハウスの収容人数の関係もあるし、な。けど、小さなところだと窮屈することはあるかな」

情けない。俺はどういう顔をして嘘をついているのか。

「有名プロデューサーの目に留まってデビューが近いって聞いたけど」雄太が顔を近づけた。

つづけて、誰でも知る音楽界のヒットメーカーの名を口にした。「すでに楽曲はでき上がってるんだって？」

「あ、それはわたしも聞いた。苦労は長かったけど、やったじゃない」

そんな夢みたいな話を誰に聞いたんだ、と頭を抱えたくなる。仁亜が喋ったことが大きくなり、話が回るにつれて尾ひれがついてとんでもない出鱈目に膨れ上がったに違いない。

俺は唇に人差し指を当てた。

「発表はまだだ。誰にも言うなよ」

弟が横たわる棺を数人で抱え、霊柩車へと運び込む。参列者が手を合わせ、長いクラクションが木霊《こだま》した。親族とともにバスに乗った俺は火葬場へと向かう。

弟の遺骨と対面したのち、葬儀場へ戻った。奥の和室で食事会が開かれ、親戚一同が集まり、がやがやとした声があちらこちらから聞こえてくる。

が、やはり空気は落ち込んでいた。昨年産まれたばかりだという親戚の赤ん坊が、堰を切ったように泣きはじめ、鼓膜を掻き毟られるような心地になった。

テーブルの上には寿司や天ぷらと一緒に、かけうどんが置かれている。トッピングや薬味はなく、つゆの中に麺だけが浸かっている。親父が作ったものだとすぐにわかった。

つやつやと輝く麺はエッジが利いてほんのりと褐色を帯びている。国産の小麦を自家製粉している証だ。製粉の過程で少量の麩《ふすま》が混じるために、ところどころに籾殻が入ってしまうのだ。

うどん鉢を両手で持ち、つゆを喉に通す。

見た目は薄いつゆだが、いりこや昆布をベースにした出汁がよく利き、うま味が濃い。すべて飲み干せる塩加減は絶妙だった。

うどんを二、三本箸で取り勢いよく啜る。

噛むともちもちとして、次にしこっとした歯ごたえがある。ただ固いだけの麺をコシがあるとは言わない。外は柔らかく、噛めばもちっとした弾力がある。それがコシだ。しかし、讃岐うどんはしっかりとしたコシだけではない。つるつるとした舌触りもその特徴となる。噛むたびに輸入小麦にはない風味が口内に広がり、鼻へと抜けた。後味も楽しめる。

親父が作ったうどんは美味い。コシがあっても重すぎることはなく、軽く喉を通る。これだけは認めざるを得ない。香川県内に八百軒以上あるうどん店の中でもトップクラスだと評していい。雑誌などで取り上げられることもあり、うどん通も納得する有名な実力店だ。

つゆの一滴も残さず食べ終えた俺は席を立った。ようやく故郷に帰って来た心地になるが、その心情を誰かに伝えることはない。先に帰る、と文子に言づけると葬儀場をあとにした。酒は飲んでいないので、親戚の車を借りることにする。

葬儀場から家までは、車で五分ほどだ。ライトを点け、大きな川沿いの道を進む。車通りが少ないので、スピードが出せる。幼い頃は段ボールをソリ代わりにして土手を滑ったり、夏には川の中に入って遊んだりしたものだった。仁亜とは八歳の年齢差があるため、川遊びができるようになった頃には俺はすでに中学生で、一緒に遊んだ記憶はない。その頃の俺はバレーボール部に所属していて、いっこうに強くならない我が部をどうやって鍛えようか、と頭を悩ませていた。

もう少し遊んでやればよかったな、と幼い頃の弟の顔を思い出した。

家の廊下の電気は灯っていたが、ほかの部屋は真っ暗で、ひんやりとした空気が床の表面を覆っているようだった。久方ぶりの実家に大きな変化はなく、仁亜が小学一年生のときに県の絵画コンクールで入賞した際の賞状が、いまだに玄関の壁に飾ってある。小学生部門銀賞という文字が誇らしげだ。

ふと仁亜の部屋が気になった。足を止める。俺の部屋は親父の言った通り見事に物置へと変貌していたが、数日前まで現役として活躍していた弟の部屋にはまだ彼のぬくもりがあるように思えた。

ふうっと溜め息をついたあと、ドアを開けてみよう、と決めた。

悲しみや寂しさがその部屋にあるような気がしたのだ。不完全燃焼の感情を刺激してみることにした。

扉を押し開けると、廊下のオレンジ色の光が先に仁亜の部屋に進入する。弟の部屋は暗く、音も聞こえない。さきほど感じたぬくもりも幻想だとわかった。そのためなのか、鍵がかかっているような気がした。扉を開けたにもかかわらずそこは堅く閉ざされたままで、何人《なんぴと》の立ち入りも拒み、いつしか呪いだとか、祟りだとかという噂が持ち上がり、人を近づけさせない妖気を漂わせる。そのまま部屋は家主を待ち、数百年沈黙する。

そんな重苦しさを感じた。

けれど足を進めると、呆気なく前進できた。壁を手で探り、スイッチを入れると蛍光灯も明々と灯る。

そりゃそうか、と口元を緩めた。

足の小指に激痛を感じ、「くそっ」と誰に言うでもなく、吐き捨てる。痛みを散らすようにその場で数回跳ねた。弟は昔から掃除が苦手だった。生前、母親から片づけの重要性について何度も教え込まれる場面を目撃したが、床には様々なものが置かれている。母の説教は心に刻まれなかったようだ。洋服、雑誌、ゲーム機などが規則性なく散らばっている。俺の指に当ったのは、小さな銅製のペガサス像。

「仁亜、こりゃ何かのメッセージか」と独り言をつぶやいた。

首をストレッチするように回して部屋を眺めてみたが、懐かしさが感じられない。黒革のソファ、背の低いサイドボード、小型テレビ、とまったく見覚えがない。懐旧の情をくすぐるのは学習机だけで、それも色が塗りなおされているようでがっかりとした。左に見える棚には、宇宙を舞台とした映画のフィギュアがずらりと並んでおり、こういう趣味があったのか、とはじめて知る。

音がしないのが、うるさかった。屋外からも音はせず、聞こえるのは身体の中で弾む鼓動と心の声だけで、それが余計なものに感じられる。部屋の隅に目を向けると冬の残り香のような寒気が漂い、弟の死を愁えているようにも感じられた。

ソファに腰を下ろしてみる。ぽっかりと間が空いた。これが喪失感だろうか、とぼんやりと考えるが、違う気もする。何もする気になれないのではなく、何をしてよいのかわからないのだ。

くたくたに縒《よ》れたジーンズが視界に入る。仁亜の抜け殻だ。学習机の上を見ると作りかけの船の模型がそのまま置かれていた。部屋の中には、弟の欠片がたくさん転がっている。弟の欠片といえば、とあることを思い出した。そういえば、あれはまだつづけているのだろうか、と立ち上がる。学習机に近づいた。

机の上、引出しの中、机の下の段ボールを探すが、目的のものは見つからない。見つかったのは、男の欲望を個人で発散させるためのＤＶＤが数枚出てきただけで、それは段ボールの奥に隠されていた。

どこだろう、とぐるりと身体を回転させる。棚の上にある、黒い箱の中が怪しい気もするが、あれを仕舞っておくだけにしては大きすぎる。蓋が浮き上がって、帽子の鍔のようなものが覗き、あそこではないな、と視線をほかに走らせた。

だとすれば、と視線を移動させた先は、天井の近くにある押入れだった。小さな収納スペースで、幼い頃は鎧兜の置物が収められていたはずだ。

学習机の椅子を移動して、その上に立ち、襖を開ける。細かな埃が落ち、咳き込んだ。押入れの中に鎧兜はなく、代わりに正方形のクッキー缶がぽつんと置いてあった。ひっそりと我慢強く誰かを待っているような様子であったが、誰にも見つからないように息を潜めて隠れているような雰囲気もある。

この大きさなら、あれが入っているのにぴったりだろう。もはや俺にはクッキーの缶ではなく、あれ専用の缶に見えていた。

缶を取り出し、学習机に置く。あれが入っていそうな重さで、中からはかちゃかちゃと期待できる音がした。

蓋を開ける瞬間、タイムカプセルを開封しているような心持ちになる。

やはり缶の中にはあれがあった。弟の欠片と表現してもいいあれが、行儀よく、そして背に書かれた数字の順番通りに並んでいる。

最近では目にしなくなったそれを久々に見て、懐かしさが込み上げてきた。そのものが活躍していた当時の音楽が、頭の中で鳴る。

クッキー缶の中には、音楽を録音するためのカセットテープが並んでいた。正式名称は、磁気テープ。現在、音楽テープとしての存在意義は薄いが、データの保存用として欧米を中心に需要が拡大していると聞く。カセットテープ一本で最新のディスク百枚分のデータを保存できるという話だ。

けれど、仁亜の使用方法は従来と変わらない。背には0から19までの数字が書かれ、それは弟の年齢を表す数字であり、カセットテープの中には仁亜の声が録音されているはずだった。

弟が生まれ、両親はその声をカセットテープに録音した。弟が一歳になり、その誕生日にまたその声を録音する。それは二歳の誕生日にも行われ、三歳、四歳とつづけられた。もちろん俺の声が吹きこまれたカセットテープも存在しているが、誕生日のたびに行われるその行事が面倒で、途中でやめてしまう。小学五年生のときだったか、もう嫌だ、と拒否したわけだ。倉庫と化した俺の部屋を探せばどこからか出てくるはずだが、カセットテープの背の数字は10まででしかない。

仁亜はずっとつづけていたようだ。19というカセットテープがあるということは、今年の誕生日も録音したということだ。幼稚園時代のテープは何度か聞いたことがあり、童謡や自作の昔話や友人へのメッセージなどが、百二十分テープに長々と録音されていた。そのテープには、隣で茶化す俺の声も入っていたはず。

これを聞くと仁亜は怒るだろうか。構わない、と快諾するような気もするが、十六、十七歳あたりのテープは聞いてほしくないのではないか、とも思う。失恋の悲しみだとか、愚痴だとか、仁亜の情けない声が聞こえてくるのではないか。

これは誰かに聞かせるためのテープではなく、日記のようなもの。欲望を発散させるためのDVDと同じように恥ずかしいものに違いなかった。他人が聞いて差し支えのないのは、幼年期のものくらいだろう。

テープを眺めていた俺はそこで首を傾げ、19と書かれたテープの隣で倒れているカセットテープを起こした。まだ録音されていない、来年用のテープを置いているのだと思っていたが、背には『番外編』と書かれていた。

こりゃ何だ。

番外編なら聞いても大丈夫だろう、という根拠のない理由でカセットテープを手に取った。それだって聞いちゃ駄目だろ、と弟の声がしたような気がしたが、聞こえなかったふりをする。粗大ごみになる直前といった様相の年季の入ったオーディオにセットし、ソファに腰を下ろした。

ガチャ、と再生ボタンを押す。小さな雑音のあとに、仁亜の声が聞こえた。

その第一声は予想もしていなかったもので、俺は身体を後ろに反らしながら、動けなくなった。どういうことなんだ、と唇を動かす。

弟の仁亜はこう言ったのだ。

「兄貴、散歩に出かけよう。玄関で待ってる」

翌朝、俺は仁亜の部屋の隣にある自室にいた。見事な物置に成り下がった我が部屋は、使わなくなった棚や夏の出番を待つ簾《すだれ》、網戸が乱雑に置かれていた。奥には押入れに納まりきらなかった段ボール箱が積まれ、『健太郎　中学』であるとか『仁亜　高校』といった文字が側面に書かれている。おそらく卒業アルバムであるとか、その当時の教科書であるとか、勢いで書いたとしか思えない文集であるとか、そういった兄弟の思い出が詰められているはずだ。

無理やりに作った寝床が部屋の隅にある。

昨晩、死んだ弟に誘われた俺は思わずカセットテープの再生を止めた。驚いた、ということもあったが、乗り気でなかったという簡単な理由もあった。窓の外に広がる夜の闇は濃く、深く、散歩に出るには不似合いに思われたのだ。テープの中に収まる弟の声が明るく、そう思わせたのかもしれない。だからテープを巻き戻し、朝を待った。

俺は手当たり次第に段ボール箱を開け、携帯用カセットプレイヤーを探す。周囲が空き巣にでも入られたようになった十五分後、ようやく目的の物を見つけた。学習ノートやゴム人形が無造作に片づけられた段ボール箱の中に、交じって入っている。ヘッドホンも一緒にあった。乾電池を入れ替えれば使えそうだ。

「健ちゃん」

後方から声がして俺は肩を跳ね上げて驚き、そして振り返った。

「何だ、おばちゃんか」

割烹着姿の文子がいた。

「何してるの？」

「ちょっと探し物」俺は古めかしいデザインの携帯用カセットプレイヤーを持ち上げる。「今日から店を開けるって親父は言ってたけど、おばちゃんは今から仕事？」

「早めの昼休憩よ」

「そっか、うちの店は朝早いもんな。午前七時に開店だっけ。で、何？」

「健ちゃんのことが気になって様子を見に来たのよ。ご飯は？」

俺は腕時計を確認する。午前十一時。

「朝は食べない主義だから」

「不健康ね。お父さんの店で何か食べたら？」

「……いいや」俺は俯き加減に首を左右に振った。「親父はどうしてる？」

「……そうね」文子は少し考える。「いつもと変わらない、ようだけど、やっぱりどこか違うわね。いつもと変わらないようにしよう、と踏ん張ってるみたい。おばちゃんにはそう見える」

「そっか。親父も悲しんでる、ってことか」

「当然でしょ」

文子の言葉が強くなった。

「当然、か……」

俺は深く悲しんでいるのだろうか。当然のことができているのだろうか。

「今からどうするの？」文子が訊ねる。「まだ東京には帰らないんでしょう」

「ちょっと出かける」

「そう、どこに？」

母親のようだな、とくすぐったくなった。

「仁亜と散歩に出かける」

「……それは、どういうこと？」

文子の顔に驚きと憐れみの色が滲んだ。

「昨日から玄関に待たせてるんだ」

「健ちゃん」文子が言葉に迷う。「大丈夫?」

「たぶん」

俺は笑みを浮かべ、台所へと足を向けた。

食器棚の引出しに乾電池を見つけた。携帯用カセットプレイヤーの乾電池と入れ替える。ヘッドホンを耳に装着し、背に0と書かれたテープを入れて再生を押した。

生まれて数週間目の仁亜の元気な泣き声が聞こえた。何が不満で、何がそんなにつらいのか、ギャーギャーと声を上げて泣いている。自分の命があと十九年だと知っているわけでもないだろうに。携帯用カセットプレイヤーは壊れていない。

次に親父の寝室へと向かった。

何もない、ただの空間といった部屋だ。奥に畳まれた布団と今日の新聞が広げられている。あとは小さな仏壇が隅に置かれているだけ。

仏壇には花が飾られている。果物もあった。走馬灯が回転し、一見すると華やかにも窺えた。そんな華やかなものたちに囲まれながら、写真に収められた仁亜と若い母が笑っている。幸福そうにも見えるが、そんなことはないだろう。

「じゃあ、行ってくる」と文子に声をかけ、玄関に向かう。「気をつけてね」という彼女の心配げな声が追いかけてきたが、その語調には、しっかりしてね、という願いも込められているようだった。

廊下を歩きながらカセットテープを入れ替え、再生を押す。「兄貴、散歩に出かけよう。玄関で待ってる」と昨夜と同じように、仁亜の声が流れた。

すぐそこに玄関があるのだが、もちろん仁亜の姿はない。信じていたわけでも、期待していたわけでもないが、残念な気分になった。やっぱそうだよな、と痒いわけでもないのに、首筋を掻いた。

玄関に座り、シューズの紐を結ぶ。こちらの準備が整うのを待つかのように、仁亜の声は聞こえてこない。耳に届くのは小さなノイズだけだ。

玄関の扉を押し開けた数秒後、ヘッドホンから同じように玄関を開けるような音が聞こえた。

「行ってきます」と仁亜が声をかけている。

これは本当に弟が近くにいるようだ、と後ろを振り返るが、やはりそこには誰もいない。

散歩日和という造語が頭に浮かぶような心地よい天候だ。空は青く、湿気も少ない。頬を撫でる風は柔らかく、邪魔なものではなかった。四月後半の時期としては気温が高いが、激しい運動でもしないかぎり汗が流れることはないだろう。

マンションの敷地を出て立ち止まると、「右に行こう」という仁亜の言葉に従う。しばらく進むと小学生時代のクラスメイトの家が変わりなくそこにあり、ベランダに干された洗濯物が目に入る。子供服が風に揺れ、駐車場には泥まみれになった三輪車があった。

そうか、と思う。俺もそういう幸せを手に入れてもいい年齢か。

仁亜の指示は絶妙なタイミングで聞こえてきた。交差点に出ると、「ここは真っ直ぐに行こう」だとか、二又に分かれた道に出ると、「これは左」といったように、迷うとすぐに答えが返ってくる。これはもしかして、と俺はそこでようやく気づいた。

仁亜は散歩をしながら、声を録音しているのだ。今俺が見ている同じ風景を見ながら、仁亜も歩いた。だからちょうどよいタイミングで指示が聞こえてくる。小さな頃は俺のあとを追いかけるのもやっとだったはずなのに、いつの間にか弟は成長し、同じ歩幅になり、俺の隣に並んだらしい。

「兄貴、このへんもずいぶん変わったろ」と声をかけられる。

「だな」と思わず普段の調子で答えた。周りには誰もおらず、乗用車が一台通り過ぎただけだ。不審者と思われる心配はなかった。

「見てみろよ、兄貴。あんなに家が建った。昔、あのへんは空き地だったよな」仁亜の声は煩わしそうでもある。「あ、そうだ。びわの木があったのを覚えてるか」

俺は視線を左前方に向けていた。新築の匂いが漂ってきそうな、真新しい家が密集して建っている。新鮮さや若さと一緒に、荒々しい勢いのようなものが感じられ、圧迫感があった。

あそこが広大な空き地だった頃はよく野球をやったものだったし、夏には草むらに入ってバッタを追いかけたものだった。しかし、それが今では見る影もない。

びわの木のことも覚えていた。持ち主は誰なのか、それは空き地の隅に直立していた。六月になると球形で黄色に熟した果実が実をつけ、誰のものでもないなら自分が貰ってもいいだろう、という小学生らしい考え方で、よく失敬したものだった。桃のような細かな産毛で覆われた皮を剥くと、水分をいっぱいに含んだ果肉が露わになり、頬張ると甘味が口いっぱいに広がって、豪華なおやつだった。

遊び場だったところが知らない誰かの生活の場に変わり、びわの木があった奥は舗装された立派な道路へと変わった。そこに空き地があったことなど忘れたように、町は平然とその光景を受け入れている。

「あのびわ、もう一度食べたいよな」仁亜が言う。生唾を飲み込んだような気配があった。「俺なんて、この道を通るたびに思い出すんだ。どうだ、兄貴も思い出したか」

俺は頷く。声を潜めながら、「あれは美味かったな」と返答した。

「変わるのは仕方のないことなのかもしれないけどさ、変えちゃいけないものってあると思わないか。発展や進歩のためにすべてを受け入れてちゃ、取り返しのつかないことになるんだよ」

仁亜が嘆く。「知ってるか、兄貴。俺がびわ好きになったのは、あの木のおかげなんだ。好きな食べ物は？　って質問されたら、迷いなく『びわ』って答える。そのくらい好きなんだ。それなのにもう食えないんだぜ、一番好きなあのびわ。もうどんなびわを食べても、あんなに感動することはできない。俺はこれから一生、二番目のびわを食べなくちゃいけないんだ。絶望的だよ」

可笑しくなり、口元を柔らかくした。「その通りだ」と同意する。一番というものは空き地の隅に立つびわの木のように目立たず、見つかりにくいものが多い。なくしてからでないと、それが一番だと気づかないものもある。そんなものたちが利便性を重視した変革の巻き添えになれば、俺たちの周りには二番以下のものしか残らなくなる。

「嘆かわしいな、弟よ」

「兄貴、次は寿商店街に行こうか」仁亜の指示が聞こえた。「財布は持ってきたか？　前田精肉店のコロッケは昔と変わらず絶品。一番だよ」

まだ一番が残っていた。俺は少しだけ歩調を速める。

寿商店街は昨夜と違い、静かな活気に包まれていた。買い物客はまだ少ないようだが、店舗のほうは迎える準備がすでに整っている。惣菜店では田舎料理の数々が湯気を立てていたし、青果店では嗄れた声を張り上げ、店主が呼び込みをしていた。道の両端に小さな商店が四十店舗ほど並んでいる。商売を諦め、シャッターのままの建物もあるが、庶民的な商店街は郊外型大型店舗と地道に厳しい生存競争を戦っていた。

串カツ店の次女が離婚した、クリーニング店の店主は鬘《かつら》だ、衣料品店の女店主は整形手術をしている、など仁亜は真偽のほどが定かでない情報をべらべらと喋る。情報と同時にクリーニング店の店主を発見したときなど、思わず噴き出してしまった。

いい香りが鼻をくすぐり、腹の虫が騒ぐ。俺は仁亜の声を停止してヘッドホンを外した。コロッケを購入することにする。運よく出来たてのものにあたり、はふはふと熱気を逃がしながら齧りついた。

再生を押し、再び歩き出す。

「散歩しながら食べるコロッケは、格別に美味いよな」と仁亜が言ったので、そうだな、と頭を縦に揺らした。煙草を吸いながら歩く人間はこの特別感を覚えたほうがいい、とも聞こえてくる。

仁亜の話は途切れることがない。「兄貴、商店街が抱える一番の悩みを知ってるか」と問いかけられた。間が空き、考えろ、ということなのだろうが、思いつく答えは経営状況くらいだった。

「不正解」仁亜はこちらのつまらない回答を予想していたかのように言った。「答えは、看板娘の平均年齢が上がるいっぽう、ってことだ」

何だそりゃ。俺は鼻で笑う。後継ぎ問題、ってことか。

四つ葉のクローバーという店名の喫茶店の前を通った際、「なかなか見つからないものが幸運の象徴って納得いかないよな」と仁亜は言ったりもした。「幸運を手にすることは難しい、ってことなんだろうけど、象徴くらいはどこにでもあるものにして欲しいよ。四つ葉じゃなくて三つ葉なら、すぐに見つかって幸せな気持ちになれるのに」

それでは有り難味がなくなる、と俺は反論する。幸運ってのは希少だからこそ幸運なのだ。そのあたりに転がっているようでは日常に埋もれてしまい、価値がなくなってしまう。それが幸運だとも気づかないかもしれない。

そのことを伝えたくなるが、話はさっさと先に進んでしまう。

そうか、俺は独りだった。

「あっ、商店街の奥にパチンコ店が見えるだろ」と仁亜の声は明るい。

視線を遠くへ動かすと、確かに見えた。大きなパチンコ店ではなく、看板の『パ』の文字は剥がれそうだったし、外壁は煤け、新装開店や新台入れ替えなどとは無縁の様相だった。

「そこに向かって」

俺は言葉に従い、商店街を外れるために窮屈な路地に入る。

「パチンコといえば、ニュージーランドの友達がこっちに遊びに来たときのことなんだけど」仁亜の声が聞こえる。「そのとき、パチンコ店を見た友達が片言の日本語でこう訊いてきたんだ。『これは何を作ってる工場なんだ?』って。彼には、あの騒がしい音と整然と並べられたパチンコ台の前で真剣な顔をしている人たちの姿が、流れ作業をしているように見えたんだってさ。

そう言われれば、そう見えなくもないよな」

なるほど。ここからその姿を窺うことはできないが、パチンコ台の前に座る者たちの目からは高熱を伴った濃い光が放射されているだろうし、それは仕事に従事しているときの熱に勘違いしてもおかしくはなかった。

路地を抜ける。

改めてパチンコ店の建物を前にしてみると、玉が弾け飛ぶ音が聞こえそうで、工場っぽいかもな、と腕を組んだ。

「店内に入ろう」仁亜が指示する。「ここは俺が必ず立ち寄る、散歩コースなんだ」

仁亜にパチンコの趣味があったとは知らなかった。俺もパチンコの経験はあり、というか一時期は毎日のように通っていたので偉そうなことを言える立場ではないが、少年期の弟しか知らない俺には不釣り合いな気がした。

店内に入ると、緩い冷房の風と騒々しい音楽に包まれる。店の中をそのまま真っ直ぐに進むように、という仁亜の声が微かに聞こえた。そのあとにも声が聞こえたが、何と言ったのか聞き取れない。いったん外に出て、テープを巻き戻す。えっ、何て言ったんだ？　と訊き直している気分だった。

「トイレの前まで行くと、その隣に従業員専用の扉があるから、そこから中に入るんだ。それから、裏口に向かう」

パチンコはしないのか、と不思議に思うと同時に、勝手にそんな場所に入ってもいいのか、と心配になる。

けれど、仁亜の散歩コースには興味があった。行かない、という選択肢は浮かんでこない。

いったんテープを止めると店内に戻り、再び喧《やかま》しい音楽に聴覚を台無しにされる。

トイレの前まで行くと、確かにその隣にドアがあった。クリーム色のドアの上部は色が剝げ落ち、ノブは錆びていた。従業員専用というプレートが貼りつけられていて、従業員でも客でもない、ただの散歩者である俺のことを牽制する。

もしその行動を咎められたとしても、トイレと間違えた、と言えばいい。ドアを押し開けて閉めると、耳障りな音楽も遠くなった。テープを再生させる。

「裏口は通路に入ってすぐだ。非常口の表示があるドア」

狭い通路が左右に延びていた。耳を澄ますと話し声が聞こえ、弾けるような笑い声も聞こえる。右に行ってはいけない、と理解できた。足音に気をつけながら、左方に進む。

右手の奥にドアがあり、なるほど非常口の表示が天井の近くにあった。

近づいたところで、「そこから外に出るんだ」との指示がある。だったら店内に入らなくてもよかっただろ、と不満に思ったが、それを声に出すわけにもいかない。

音が立たないよう慎重に扉を開けると、外の香りがした。土臭さというか、埃の雑《ま》じった風が鼻先を撫でる。隣接する雑居ビルの壁が迫ってくるようで、狭苦しかった。

視線を通りの方向ではなく、逆へと動かすと、水色のポリバケツがあった。それを待っていたかのように、ヘッドホンから、「大きなゴミ箱があるだろ」と仁亜の声が聞こえてくる。「その上に猫がいるはずだ」

確かに、いた。大きな猫だ。それは身体の大きさだけでなく、その態度や威嚇するような唸り声も含めての感想だった。艶のない硬そうな毛は異常に長く、背中を中心に広がるぶち模様が印象的だった。目はとろりとして恍惚とした表情にも窺えるが、眠そうにも見える。そのくせ瞳はオリーブ色をしていて、怪しい魅力を漂わせていた。

どうして猫がいることがわかったんだ。

「紹介するよ」仁亜の声が改まる。「彼は、工場長のキング」

仁亜の声につづくように、猫がふてぶてしく鳴いた。

「前田精肉店で骨付き鶏の唐揚げを買ってくれた？　キングの好物なんだ」

「そういうことか」俺は納得するようにつぶやく。「これはそのための唐揚げだったんだな」

「初対面なのに手ぶらでは失礼だろ、兄貴」仁亜が笑う。「ちゃんと挨拶をしてくれよ。俺が恥をかく」

猫の世界の礼法には精通してねえよ、と脱力しながら、言う。袋の中からまだあたたかさを残す骨付き鶏を取り出すと、キングが短い首を伸ばした。

「唐揚げの衣は外してくれよ。キングがこれ以上太ると困る」

仁亜の言う通りにすると、裸の骨付き鶏をポリバケツの上に置いた。

見た目から想像すると貪りついて食べるのかと思ったが、キングの食事はとても静かで、優雅に見えた。前足で骨付き鶏を固定し、少しずつ啄《ついば》むように食べる。その様子がどこか愛らしくもあった。

「よお、仁亜の兄だ」下らない、と思いながらも猫に頭を下げることを楽しんでいた。「弟が世話になったようだな」

キングは食事の手を休め、仁亜はどうした、という顔をする。ごろごろ、と喉を鳴らした。溜め息のような空気が頭上から落ち、それが俺の脳天に直撃する。肩が重くなった。伝えなければならないだろうな、と息苦しくもなる。テープの再生を止めた。

「仁亜は死んだ」

キングが動きを止める。じっとこちらを凝視していた。こちらの言葉を理解し、さらにそこに嘘や冗談が混じっていないかと探るような雰囲気があった。

けれど、そのどちらも見つけられなかったようで、キングはつまらなそうに小さく鳴いた。そして、再び骨付き鶏に噛みつく。

弟の死よりも骨付き鶏のほうに興味があるのか、と責めたいところだったが、あることに気づいた。

「ちゃんと動揺してるじゃねえか」

キングの背中が先ほどよりも丸まっていた。しかも食べ方が先ほどよりも雑で、大口を開けている。聞かされたその事実をどう受け止めればよいのか、どう反応してよいのか、それがわからずに、目の前にある骨付き鶏に噛みついたような、そんな雰囲気があった。

食べ散らかした骨付き鶏を眺めながら、悲しいのか、と胸が締めつけられた。お前は俺よりも成長した仁亜のことを知ってるんだな。そう思うと悔しい気持ちにもなる。

猫が人間の言葉を理解できるはずもねえか。そのように心の中でつぶやいたのは、猫への対抗心からだ。

ガシャン、という鉄格子の扉が開くような音が響いたのは、その直後のことだった。俺とキングは同時に、その音の正体を探ろうと首を振る。場面が変わりますよ、という合図にも思えて、気になった。

パチンコ店の裏口ドアが開き、そこから黒服に赤い蝶ネクタイをした若者が出てきた。従業員専用の通用口から出てきたわけだし、パチンコ店の店員だとはすぐにわかる。ひょろ長い体格で、茶色い髪を真ん中で分け、細い目が眩しそうにも、睨んでいるようにも見えた。顔には幼さが残り、おそらく十代後半だろう。手に半透明のゴミ袋を持っているので、用事があるのはキングの下にあるポリバケツではないか、と推察する。

「わっ!」

少年がこちらの存在に気づき、大袈裟なくらいに驚く。身体を引き、表情を強張らせた。

「ああ、悪い」俺は軽く謝罪をする。「驚かせるつもりはなかった」

「何やってんだよ、あんた」

少年の声はまだ動揺を引き摺《ず》っていた。

「散歩」

正直に答えたが、信じてもらえないだろう。

少年は予想通り、「嘘つけよ」と嫌な顔をする。そして、視線をキングのほうに移したかと思うと、「ああー」と声を上げた。「いつもこいつに餌をやってるのって、あんたかよ」

「いや」

誤解だ、と言いたかったが、説明をすると長くなるし、おそらく犯人は仁亜で、そうなれば弟の話もしなければならない。それは面倒だったし、面識のない者に弟の死を告げるのは憚られた。彼も聞きたくはないだろう。迷惑だったか、と我が弟の罪を被る。

「迷惑に決まってんだろ」少年が唇を突き出す。「あんたが餌をやるから、こいつはここから動こうとしないんだ。偉そうに座りやがってよ、ゴミを捨てに来て追い払おうとしても知らん顔だ。それに、赤ん坊が喉を押さえつけられたような声で鳴くし、気味が悪いんだよ。俺たち従業員はここから出入りするんだけど、監視されているような気がするんだよな」

ここぞとばかりにまくし立てた少年の顔は、アルバイト先の休憩室で店長の不満をぶちまける、同僚にそっくりだった。

ありったけの不平を吐き出したあと同僚は、「そう思わないか、健太郎」と同意を求めてくるのだ。そんな同僚に俺は、「だったら、そう言ってやればいい」と助言するのだが、「俺の不満なんて、あいつに言っても通じねえって」と彼は嘆くのだ。

「誠意があれば通じるんじゃねえの」と俺は返す。

「何が誠意だよ。相手は店の長。店長だぞ」まるで店長が人間ではないような言い方だった。

「店長の言う言葉なんていつも決まってる。そんなことよりも仕事をしろ。それだけだ」

「あのー」俺は店長に話しかけるように、同僚に声をかけた。「もう少し仕事の割り振りを考えてくれませんか」

「そんなことよりも仕事をしろ」

同僚が腕を組み、偉そうに答える。薄くなった頭髪を後ろに撫でつけた、色黒の店長の真似をしているのだとわかる。

「あのー、恋人が倒れたらしくて」

「そんなことよりも仕事をしろ」

「あのー、バイトを辞めたいのですが」

「そんなことよりも仕事をしろ」

「あのー、大変です。戦争がはじまりました」

「そんなことよりも仕事をしろ」

「あのー、胸にナイフが突き刺さっていますよ」

「そんなことよりも仕事をしろ」

我慢できずに笑い声を噴射させた。膝を叩いて笑う。

「本気かよ」

「そんなことよりも仕事をしろ」

同僚はまだ言っている。

そんな光景を思い出し、同僚に話しかける調子で、「今夜は飲みに行くか」と少年を誘いそうになるが、もちろん思い止まった。しかし悪戯心のようなものが湧き上がって、「だったら、そう言ってやればいいだろ」と声にした。

「言う、って誰にだよ」

少年が眉間に皺を寄せ、怪訝な顔をする。

「その猫に」俺は視線でキングを指す。「はっきりと言ってやれ」

「こいつにそんなことを言っても理解できねえだろ」馬鹿にされたと思ったのか、少年の語調が荒くなる。「猫だぞ」

同僚と同じ反応だ。猫と店長が入れ替わっただけだった。

ふにゃーごお、とキングが野太い声で鳴く。骨付き鶏を咥えたまま立ち上がり、地面に降りた。いや、落ちた、と表現したほうが適切かもしれない。何かを伝えようとしているのか、少年を見上げる。

「へいへい」少年が後頭部を掻いた。「さっさとゴミを捨てて働け、っていうんだろ」

キングが頷くように首を振ったのは、おそらく偶然だと思うが、やはりこの猫とバイト先の店長は同じらしい。どちらも仕事をするようにと部下の尻を叩き、発破をかけることこそが営業成績を上げる特効薬だと信じている。

少年はポリバケツの蓋を開けるとゴミ袋を投げ入れた。お前はいったい何様なんだよ、と口を尖らせる。それからその表情のまま、「あんた」とこちらを見た。「もう餌をやらないでくれよ」

「ああ、わかった」

少年が店内に消えると、キングが再びポリバケツの上に戻った。階段のように重ねられた木箱に上り、エアコンの室外機の上に出るとそこから身体を伸ばし、器用にポリバケツの上に移る。のたのたとした鈍い動きだったが、何度も繰り返されたのだろうとわかる、慣れた動きだった。

「なるほど、工場長か」俺は仁亜が言ったその言葉の意味を理解した。「そういうことか」

パチンコ店は工場で、それからこの猫は従業員を監視する長なのだ。そう思うと、そのふてぶてしい態度にも納得がいくから不思議だった。

同時に、愉快な心地にもなる。人間に幻滅しているわけではないが、とりとめもない出来事によってバンド仲間と離散し、努力を無駄にされて少々、人間関係に疲弊していた俺としては、人間よりも立場の偉い猫、という設定が何とも爽快な気分にさせた。

いつまでも仕事の邪魔をしてはいけないだろう。俺はその場を離れることにする。

「じゃあ、またな」と声をかけると、キングのオリーブ色の瞳が俺を飛び越えた背後に向けられているのに気づいた。誰かいるのか、と素早く踵を返すが、何者の姿もない。縄張りを荒らしにきた猫や興味津々に覗き込むカラスの姿もなかった。

向き直ると、キングはこちらに視線を向けていて、またとろりとした目をしていた。前足に顔を乗せる。

「何を見たんだ?」と訊ねるが、答えてはくれない。だるそうに首を回すだけだ。

もしかして仁亜がいたのか?　そう質問したいところだったが、呑み込んだ。

幽霊や魂の存在をいままで一度も身近に感じたことはなかった。改めて別れの挨拶をすると、俺は背中を向けた。


路地を出ると、テープを再生した。「不細工だけど、面白い猫だろ」という言葉に頷いて、同意する。「俺のお気に入りなんだ」と自慢げに言う仁亜の声が微笑ましい。俺も気に入った、と内心でつぶやいた。

「それで、だけど」仁亜の声が急に遠慮がちになる。こういう声調のあとにつづく言葉は相場が決まっている。「兄貴、頼みがあるんだ」

そら来た。「何だよ」と嫌な顔をしながら囁くが、おそらく俺は弟の願いを拒絶することができない。一方的なカセットテープからの願い。亡くなった人間からの依頼。たったひとりの弟の頼み。それはどうしようもなく、強い。

「キングのいるゴミ箱の向こうを覗いてみてくれないか。右側の壁の下に大きな穴があるだろ」

慌ててテープを停止した。振り返り、再び路地に進入する。キングが鶏の骨をしゃぶっていて、また来たのか、という目でこちらを見上げた。

「悪いな」と声をかけて覗き込むと、確かに穴があった。小さな動物が通り抜けられる程度の大きさはある。ブロック塀の向こう側は雑居ビルの駐車場となっているようだ。

キングの通り道だろうか、と考えながら、再生ボタンを押す。

「その穴を塞いで欲しいんだ。キングが迷惑してる」

どうして？　その問いに答えることなく話は先へ進む。

「そのあたりにブロックの破片があるだろ。それを突っ込んだり、適当な石を積んだりして、穴を塞いでくれよ」

そんな簡単なことでいいのか、と思ったが、そんな簡単なことでいいなら自分でやれよ、と不満も湧いた。

が、拒絶することはない。弟はそんな簡単なことさえもうできないのだ。

キングの脇を通り抜けると膝を折り、割れて半分になったブロックの欠片を積み上げる。隙間には小さな石を詰めた。パズルは得意であり、それほど苦ではなかった。

「あれ」という声がして振り向くと、先ほどの少年が立っていた。煙草を咥えている。「まだいたのかよ、あんた」

「仕事を押しつけられたんだ」

「こいつに?」

少年がキングを指差す。

「まさか」

「だよな」少年が口元を緩める。幼さが際立った。「で、何やってんだよ」

「穴を塞いでる」

「何のために?」

その説明は受けてない。「世界平和」と答えた。

「そこから犬が出て来なくなることが、世界の平和に繋がるのか?」

「犬?」

「そうだよ、犬。わんわん、って鳴く動物だ。そこはよ、このあたりの野良犬の通り道になってんだ」

「知らなかった」

それで理由がわかった。仁亜の犬嫌いは筋金入りだった。一度でも野良犬を見かけた場所には行かないし、犬が飼われている家は避けて歩くほどだった。昔ほどの恐怖心はなくなったようだが、五歳の頃に腕を噛まれたのが原因で、二十歳近くになっても犬嫌いを完全に克服することはできなかったようだ。そういえば留学をしていたとき、「つらいことはないか？」と訊く俺に、「牧羊犬がさ」と嘆いていた。

「おい」少年の声だ。「何が可笑しいんだ」

「弟のことを思い出した」と正直に答える。

「どうしてそこで弟が出てくるんだよ」少年は理解できないようだった。「弟は、犬なのか？」

「まさか」と笑う。「けど、思い出したことがある」

「何だよ」

「俺の弟は記憶力がいい」言いながら、昔のことを思い出していた。「俺が実家を飛び出すとき、『困ったことがあればいつでも言え』って兄らしいことを伝えたことがあるんだ。そういうことを言いたくなったんだな、そのときの俺は。それを覚えてて、弟は頼ってきた」

「頼ってきたって、何を？」と当然のように訊ねられたが、俺は、「まあ、いろいろと」と曖昧に答えた。いろいろって何だよ、としつこく質問を重ねられるものだと思っていたが、少年はそれほど興味がなかったのか、それ以上突っ込んではこなかった。

「けどよ、兄貴って大変だな」そう言って、煙草を吹かす。「弟って鬱陶しいだろ」

「そうでもねえ」俺は笑顔を向けた。「意外と嬉しいもんだ」

「へー」少年は声を伸ばすと、「俺にも兄貴がいるんだけどさ」と照れくさそうに鼻を触った。

「じゃあ今度、頼ってみようかな」

「それがいい」俺は強く頷いた。「お前の兄貴は、きっと喜ぶ」


散歩を再開する。仁亜の指示に従って歩き、十字路を左折して幅広の通りに出ると、郊外に向かって進んだ。途中、横断歩道を使って向こう側に渡ると、細い道に入る。建物の陰に入ったので涼しく感じられ、一息つくように額に滲んでいた汗を手で拭った。

このあたりは、俺と仁亜が通っていた小学校に近い。懐かしい、と頭の隅にある記憶を引っ張り出す。ザリガニを捕まえながら帰った用水路はそのままだったし、お化け屋敷と呼ばれていた家は外壁が崩れ、大きく樹木が成長していたが、その異様さを残したままだった。

その一方で、コンビニができていたり、道が広くなっていたりと変わっているところもあり、時の流れを実感させられる。知らない土地を歩くのは不安だけれど、記憶に残る風景と微妙に変わってしまった道を歩くのも、同様に落ち着かない気持ちになった。

「次の角を左。ポストが立ってるところな」と仁亜。言われた通りに左折する。「すると右手に二階建てのアパートが見えてくる。大浦板金工場の隣だよ」

すぐに見つけた。まず板金工場の看板が目に入り、二つ並んだ倉庫の中にばらされた車があって、視線をさらに先へ向けると、木造のアパートが建っていた。

老朽化の進んだアパートの板壁は濃い煤竹色をして、奇妙な光沢を放っている。皺や染みが広がっている印象で、けれどそこから脆弱さは受け取れず、老熟や老成といった言葉を当てはめてもいいかもしれない。アパートを囲むブロック塀が一部崩れ、外に剝き出しになった鉄筋製の階段は遠目に見ても錆びついているのがわかった。一階に五部屋、二階にも五部屋。近づくと『光風荘』と読めた。

「そのアパートの102号室を訪ねて」仁亜が言葉をつづける。「紹介したい人物がいるんだ」

俺は困惑する。これは散歩じゃなかったのか。猫を紹介されるのは散歩中のイベントとして受け入れられるが、人を紹介されるというのはどうなのだ。

そんなこちらの気持ちを察してか、「兄貴に危害を加えるような人物じゃないから、大丈夫」と仁亜が言う。「ただの友達だ」

「ただの友達なら、特に興味はねえぞ」と俺は唸る。

ここだけ早送りをしようか、とも考えたが、それはルール違反のような気がした。友人を訪ねずに無視することも、同様だ。元々この散歩にルールなんてものはないが、守るべき規律のようなものは存在するように思う。どんな状況にあっても最低限の規則や秩序は必要で、それは順守されるべきだろう。

それに、ルールを破るということは仁亜を裏切るということで、きっとそれをやってしまうと俺は仁亜に軽蔑される。弟に幻滅されるのは、兄としてやはりつらい。

「わかったよ、わかった」

弟の我が儘な願いを、仕方なく受け入れるような心境だった。胸に溜まった空気を鼻から盛大に抜く。

歩き出して、アパートの敷地内に入ったところで、再び仁亜の声が聞こえた。「ちゃんと言葉は通じるから」と謎の発言。

怪物のような恐ろしい存在を想像したが、怪物が部屋を借りられるわけがない。ドアの前に立つ。表札を見るが、名前は出ていなかった。

恐る恐るインターホンを押す。ブウー、という力が抜けそうな音が響き、不正解を選択したような気分になった。指を離すと音が消える。留守ならどうすればいいんだ、と考えながら、とりあえずテープを停止する。ヘッドホンを首にかけた。

部屋の中から足音が近づいてくるのが、微かにわかる。少しだけ緊張した。

扉が開き、「新聞ならいりませーん」という能天気な声とともに、部屋の主が現れた。

その人物を見た瞬間に、会話ができるのか、と心配になる。一つ目の妖怪でもなければ、泥酔した人間でもなかったが、彼は日本人ではなかった。

色素の薄い小さな瞳が、こちらを眺める。身長は高いが、針金に薄く紙粘土を巻きつけたような身体つきで、頼りない案山子《かかし》のようだ。鼻が大きく、彫りが深い。かなり年上にも見えるが、服装や雰囲気から察して、おそらく同年代だろう。

「今日の新聞屋さんは、仁亜のお兄さんに似ていますね」

日本語を覚えたばかりなのか、発声の抑揚が独特だった。

「……俺を、知ってるのか」

「何を言ってますか、お兄さん。仁亜のお葬式、ワタシ、行きました」

「そうなのか」気づかなかった。なにせ俺は弟の遺影ばかりを眺めていて、参列者の顔など気にもしていなかった。「そりゃありがとう」

「ありがとう、いりません。仁亜とは友達。当たり前です」

「そうか、当然か」その言葉を聞いて嬉しくなる。「俺は、佐草健太郎」

「ワタシの名前、エリック・ギブソン言います。アメリカ人です。エリックと呼んでください」

「そうか、エリックだな」

少しだけ気後れしていた。外国人と話すとき、どうして日本人は気弱になるのか。そんなことを考えてしまいそうになる。金髪の前髪がくるりと捻れて垂れ下がり、それがまた外国人らしい。その色のせいなのか、毛髪の細さのせいなのか、素肌が透けて見えた。

そんなこちらの視線に気づいたようで、エリックが髪の毛を掻き揚げた。

「知ってますか、お兄さん。髪の毛は色で、本数が違うそうです。ワタシのような金色の髪は、十四万本くらい。お兄さんのような黒い色は、十万本くらい。赤毛の人たちは、九万本くらいです。それなのに、ワタシの髪の毛は危ない。お兄さんの髪の毛よりも四万本も多いはずなのに、ずるいです」

「そりゃ遺伝だろ。わかるか？　ＤＮＡだ」

「わかりません」エリックは手を開きオーバーアクションで答える。「ずるいです」

「そんなもんだ」俺は知ったような口を利く。「世の中、ずるい。そんなもんだ」

「諦めですね、お兄さん」

「ああ、諦めだ。受け入れたんじゃなく、諦めだよ」

いろいろなことを思い出す。人生の中で諦めた様々なものが、頭の中を過《よぎ》る。最後に解散したバンド仲間の顔が浮かび、溜め息が出そうになった。

「それでお兄さん、今日はどうしてエリックのところに？」

俺はこれまでの経緯を大まかに話して聞かせる。仁亜の友人である彼には聞く権利があると思ったし、エリックが住むアパートに導かれるまでのいきさつなら喋っても仁亜は怒らない気がした。先ほど訪ねた猫のキングのことも簡単に話す。知ってるか？　と質問すると、知りませんです、との答えが返ってきた。

「面白いですね」エリックが愉快そうに手を打ち鳴らす。「とても仁亜らしい。ワタシも参加したいです」

その申し出は断った。仁亜は兄である俺との散歩を想定していて、だからこそ言えることもあるだろうし、これから先、友人には聞かれたくないことが出て来る可能性もあった。

「そうですか、残念です。もう一度、仁亜と遊びたかったです」

「悪いな」

「あ、そうだ」エリックが思いついたように声を上げる。「ワタシ、夜まで暇です。お兄さん、部屋に上がりませんか。話をしましょう」

突然の誘いに、俺は渋い顔をした。散歩の途中だ。すぐに『断ろう』という決断を引っ張り寄せたのだが、しかし彼は仁亜の友人でもある。無下に断ることもできない。「仕事は休みなのか」と取りあえず訊いてみた。

「仕事は夜からです。ワタシ、近くのビルディングで英語の先生しています。修学院ビル、知ってますか」

知らなかったが、「ああ」と頷いておく。おそらく新しく建ったビルだろう。

「今日は夜の教室なので、今は暇です」

俺が躊躇《ためら》っていると、エリックが片足を後ろに引き半身になって、部屋に迎え入れようとする。さあさあ、と急かす。

「ワタシ、仁亜のお兄さんと話したいです。仁亜はとっても楽しい人。きっとお兄さんも楽しい人。さあさあ」

「プレッシャーだな」引き攣《つ》った笑顔が広がった。「仁亜ほど変人じゃねえぞ」

「ヘンジン。何ですか、それ」意味がわからなかったらしく、エリックは首を傾げる。けれど、その意味を知ることよりも俺を部屋に引き入れることのほうが重要らしく、「さあさあ」と腕を掴んで引っ張った。

「少しだけだ」と承知したのは、エリックの勢いに負けて、『断ろう』という決断を呑み込んだからじゃない。少しテープの調整をするから待て、という何の効果があるのかわからない理由で、ウォークマンの再生ボタンを押したからだった。

ヘッドホンから、「エリックと話してみてよ、散歩はまたあとで」という仁亜の弾んだ声が聞こえてきたのだ。これも散歩の一環ならしょうがない。そう諦めたわけだ。受け入れたのではなく、諦め。また人生の中で諦めることが増えた。

靴を脱ぎ、小さな台所を抜けると生活スペースに入った。俺はその部屋に足を踏み入れた瞬間に、知らない世界へと飛ばされた気分になり、視線をきょろきょろと忙しなく動かす。

そこはエリックの生活の中心が何であるのかを、一瞬で把握できる場所だった。日常生活がそのものに乗っ取られているようにも感じられ、八畳ほどの部屋いっぱいに、止められない想いが溢れ出しているようでもあった。

笑顔を振り撒く少女や西洋の鎧を身につけた凛々しい少年のポスターが、いたるところに貼られている。ベッドの上では、短いスカート姿の少女がプリントされた抱き枕が横たわり、ガラス戸の棚には多くのフィギュアが並んでいた。仁亜が集めているような人形ではなく、可愛らしいポーズで微笑む女の子のものだ。露出度の高い、官能的なものもある。

残念ながら俺にはそのよさが理解できず、眼前の光景が不気味に映った。

「これは全部、エリックのものなのか?」

「そうです」エリックは誇らしげに頷く。「あれが」と少女が三人描かれたポスターを指差し、右から順番に彼女たちを紹介してくれるのだが、俺は覚える気などなく、挨拶をする気にもなれず、「そうか」と他所を見て、頭を揺らすのが精一杯だった。「それからあれが」とつづけようとするので、取りあえず座ってもいいか、と訊ねた。

天使のような翼を背中から生やした少女のステッカーが、テーブルに貼られている。俺たちはそんなテーブルを挟んで、腰を下ろした。部屋の中には多くの目があり、その目がことごとく大きく、息が詰まりそうになる。

エリックは飽きることなく、彼女たちを紹介してくれる。どの顔も同じに見え、髪の色や服装だけが違うように感じるのは歳のせいだろうか。時々、勇ましい顔つきの少年のことも紹介してくれるのだが、外国の女性の名前のようだった。

彼の趣味や嗜好を批判するつもりはない。ただその熱意が凄まじく、圧倒され、少々鬱陶しくなる。先ほどからずっと、「興味がねえ」というメッセージを気のない相槌と視線に込めているのだが、彼は気づかない。ますます自分の世界に没頭していくようだった。

「お兄さん、あれを見てください」エリックが部屋の隅を指差す。そこにもやはり女の子がいて、ほかのものよりも小さく、大切なものなのか額に入っていた。「あれは仁亜が描いてくれました」

「仁亜が?」

顔を近づけてみるとそれはポスターではなく、なるほど手描きであるようだった。胸の谷間を強調した服を身につけ、その胸が異常に大きい。あれで正解なのか? と訊ねたくなる不自然さがあった。

「あれは格闘ゲームのキャラクターです」それからエリックは、彼女の名前を口にしたのだが、聞き逃した。必殺技の説明もあったが、とにかくそれが凄いものだとは理解できたが、その名称は呪文のように難解で、覚えることなどできない。「ワタシの一番好きなキャラクターです」と言った彼の頬が、ほんのりと赤くなった。

「仁亜は、幼い頃から絵が上手かった」

「仁亜もそう言ってました。自慢です、自慢。だからお願いしました」

「仁亜が小学生の頃、コンクールで入賞したことがある。メダルを貰って喜んでたよ」当時のことを懐かしく思い出した。「高校一年生だった俺は素っ気なく、褒めた。羨ましかったんだ」

「メダルが欲しかったですか?」

「いや、羨ましいと思ったのは、仁亜の才能だ。絵の才能。俺には何もなかったからな」目を伏せて、自嘲気味に笑った。「けど、そのときの仁亜もエリックと同じように勘違いしたらしく、折り紙でメダルを作ってくれた。銀色の折り紙で、小さなメダルを」

「優しいですね、仁亜」

「ああ、弟は優しいんだ。『金色じゃねえのか』と不満げに言う俺に、『金色の折り紙は使ってしまった』と申し訳なさそうな顔をしてたよ。あとで話を聞くと、親父に金メダルをあげたんだと」

「そうですか。仁亜にはお兄さんよりも、お父さんのほうが頑張ってるように見えたんですね。だからお父さんが金メダル」

　時を経て、美少女アニメ好き外国人に教えられる。納得できない。

「金と銀の違いってそういうことなのか。運や体調も関係してる」

「何を言ってますか、お兄さん。一位と二位の間にはれっきとした努力の差があります。頑張ったほうが、金。努力が足りなかったほうが、銀。お兄さんは頑張りが足りなかった。これは間違いないです」

　反論しようと口を開くが、言葉が出てこない。

「……高校に進学して、俺は学校や担任の愚痴ばかりを零《こぼ》してた。親父ともしょっちゅうぶつかってたしな。そう考えると、銀メダルでも出来過ぎだ」

「兄弟っていいですね。ワタシにはいません」

「エリック、兄弟っていいものかもしれねえな」

俺は今さらながら、そう思った。

エリックがおもむろに立ち上がり、「そうだお兄さん、コスプレに興味はありますか」と脈絡もなく訊ねてきた。押入れを開けると、透明のビニールに包まれた、派手な衣装を見せてくれる。友人に頼んで作ってもらったものもあります、と興奮する。

「興味ねえ」俺は端的に伝える。「それよりも訊きたいんだが」と声量を落とした。「仁亜にもそういう趣味があったのか」

「仁亜はコスプレしません。『誰かの真似して何が面白いんだ』と言ってました」

「さすがだ」と俺は思わず本音を洩らす。

「さすが、ですか」エリックは一瞬だけ不機嫌な表情を見せたが、すぐに眉間から皺を消した。「仁亜の興味があったものは、あれです」とテレビの下を指差す。

指の先を追うと、種類の違うゲーム機が三台も無造作に置かれていた。黒いコードが何本も絡まり、混沌であるとか、複雑怪奇な人間の心を表現した芸術作品だと言われれば頷けなくもなかったが、そんな計算や思惑はないだろう。

「ゲームのことか?」

「仁亜と知り合ったのはゲームセンターです。仁亜はとてもゲームが上手。尊敬です」

「そうか、あいつはゲームに熱を上げてたのか」

知らない仁亜に触れる。仁亜の友人と話すということは、仁亜自身を知るということなのかもしれなかった。

「ゲームセンターで困ってるワタシに、優しく声をかけてくれました。日本人はいい人、と聞いていたのに、スタッフは無視です。声をかけたのに、知らないふり。もう少しで、ワタシは日本人を嫌いになりそうでした」

「そりゃ危なかった。仁亜は日本人の名誉を守ったってことか」

「そうです、守りました」それからエリックは強い口調で、「日本人は、仁亜に感謝しろ」と言った。

愉快になり、声を出して笑った。と同時にふと疑問が湧き上がり、「仁亜は何語で話しかけたんだ?」と質問する。

「もちろん英語です。日本に来たばかりのワタシは、日本語なんてできません。だからゲームセンターのスタッフは逃げました。言葉の通じない子犬には近寄って行きそうな女だったのに、言葉の通じない外国人には冷たい。どうしてですか、お兄さん」

「エリックがワンと鳴きゃよかったんだ」

俺はいい加減に答えながら、弟よ、英語を話せたのか、と一方で思っていた。仁亜はニュージーランドで失恋の傷を癒す糸口を見つけ、羊を数えても眠くならなくなり、そして英語を習得した。素晴らしい成果だ。

では、どうして英語を話せることを言わなかったのか。

正解ではないかもしれないが、想像はついた。不純な動機で留学をしたにもかかわらず、英語を身につけてしまった。そのことが仁亜には恥ずかしいことのように思えたのかもしれない。そういうつもりではなかったのに英語を習得してしまい、凄いじゃないか、と周りに言われることに抵抗があったのではないか。だから隠した。

弟は変わった男なのだ。

「ワン、ですか」エリックはしきりに頭を揺らしている。「そうですか、犬の鳴き声が女心をくすぐりますか」

「仁亜は困った人間を放っておけない」希望と想像を交えながら、自慢する。それから話をまとめるように、「ゲームセンターで偶然、仁亜に出会ったわけだな」と確認した。

「はい。ワタシの日本語の先生は、アニメーションとゲームと仁亜。日本が世界に誇れるものは、アニメーションとゲームと仁亜です」

アニメとゲームに肩を並べた弟を、俺は誇らしく感じればいいのだろうか。

「でも、仁亜はイタズラが好きですね」エリックが苦笑いを浮かべる。「日本の嘘の情報、いろいろと教えられました」

「嘘の情報？」

「駅の前や、大きな通りで、ポケットティッシュを配ってます。広告のためのティッシュです。

あれを受け取ったら、十円を渡さなくてはいけない、と言われました」

「ほう」鳥綱フクロウ目フクロウ科に分類される鳥のように、声を発した。「渡したのか」

「はい。大きな通りは何人も何人も立ってます。貰うたびにお金を渡して、大変でした。ティッシュを配るお姉さんは変な顔をするし、その中のひとりのお姉さんに、お金は必要ありませんよ、と言われて、仁亜のイタズラに気づきました」

「やられたな」

俺は控えめに表情を崩した。

「やられました」エリックは怒っているようではなかった。どちらかといえば楽しい思い出を話すような顔をしている。仁亜とは小さな悪戯なら笑って許せるほどの親密な関係を築いていたのだろう。「銀行のキャッシュカードを裏にしてATMに差し込めば、お金が借りられる、というのもありました。ほかにもたくさんあります」

「たくさんか」小さなものが集まれば大きくなる。たくさん、ということは小さな悪戯も大きくなったのではないか。「それはすまねえな」

「何を言いますか、お兄さん。仁亜はいい人。すまねえ、いりません」

「……そうか」

「そうです。ワタシは仁亜に、ありがとう、言わなければいけませんでした」

「たぶんあいつは、エリックをからかって楽しんでただけだと思うぞ」

「それでも」エリックが口角を限界まで伸ばす。「ありがとう、です。本人に直接言えなかったのが、残念……」

俺はそんなエリックに礼を言いたくなった。

「エリックは何で日本へ来たんだ？」疑問に思い、質問した。「まさか日本のアニメやゲームに憧れてじゃないだろ」

「お兄さん、どうして『まさか』ですか」エリックの声が高くなる。「日本人はアニメーションやゲームを自慢に思ってませんか」

「いや、文化だって言ってる奴もいるくらいだから、そうかもしれねえが……」

エリックが大きな溜め息を落とす。

「日本のゲームセンターは素晴らしいです。迫力、音楽、キャラクター造形、操作性、どれをとっても最高。ワタシの国にもゲームアーケードありますが、まったく駄目ね。ほかの国には真似できません。ワタシ、格好いいと思いました」

「だから、日本に？」

「はい。日本に旅行に来たとき、一度だけゲームセンターに行きました。そのときの興奮が忘れられませんでした」

「待て、エリック」俺はそこで考えをまとめる。「もしかして、ゲームセンターでゲームをするために、日本へ来たのか?」

エリックが頷く。その行動が重要な任務であるかのような表情だった。

「ただそれだけのために、はるばるアメリカから?」

「はい、はるばる」

「仕事は」焦った心持ちになった。「アメリカでも仕事はしてたんだろ」

「システムエンジニアやってました」

「その仕事はどうした」

「辞めました」

当然だろ、という心情が顔にくっ付いている。

「……信じられない」

「信じてください。ワタシは日本にいます」

エリックがこの場にいるから信じられないのだ。

話の流れには関係ないが、引っかかったので、「どうして東京じゃないんだ」という質問をした。「日本のそういう文化が好きなら、秋葉原が有名だ」

「行きました、秋葉原」

「じゃあ、どうしてここに?」

「東京は怖いです」エリックがしゅんとする。「はじめて日本に旅行に来たとき、怖い人たちにお金を盗られました」

「なるほど、運が悪かった」

エリックが頭を縦に揺らした。

「東京も香川も、ゲームセンターに変わりはありません。日本はどこに行っても、ゲームセンターあります。ゲームセンター天国です」

苦笑する。「で、日本の中でもどうしてここを選んだ?」

「ガイドブックに香川のことが書いてありました。真っ白いヌードル。うどん、ベリーナイス。食べたい、思いました」

「それで決めたのか」

「決めました」エリックが笑顔を滲ませる。「うどん、美味しい。ゲームセンター、ある。お金、盗られない。アニメーションもコスプレも楽しめます。最高です」

その幸福感を、大袈裟に腕を動かして表現してくれるのだが、なぜだか祝福する気にはなれなかった。変わった男の友人は、やはり変わった男のようだ。

「もう一度だけ質問していいか」

「OK、ノープロブレム」

「エリックはゲームセンターでゲームをやるために、はるばるアメリカからやって来たのか?」

「その通りです」

「そうか、わかった」

世界は広い。俺の考えが及ばない事態が起こることはあるし、知らないことは星の数ほどある。多種多様な考えを持つ人間がいてもおかしくはない。皆が同じ考えであるほうが不自然なのだ。俺が常識だと思っていることのほうが間違っている可能性だってあった。そう自分に言い聞かせる。

「それにしても気楽なもんだな。家族は反対しなかったのか」

そこで高校を卒業し、東京に出ると言い出した際のことを想起した。馬鹿、間抜け、とまくし立てた親父は真っ赤な顔をして反対した。家を出た理由はエリックと変わらない。ギターを掻き鳴らし歌うロックバンドが格好よかったからだ。

「反対しました。でも、ワタシの心は決まっていました」

「さすが男だ」俺は相手を持ち上げるような調子で笑みを浮かべる。「エリックの父親はどんな顔をしてた?」

エリックが怪訝な顔をする。

「反対した家族、父親じゃありません。反対した家族……」

すると彼は驚くことを口にする。

「妻です」

「嘘だろ」俺は驚きのあまり、声を上擦らせた。「結婚してんのか」

「してます」

 責任という言葉を知っているか。そう訊ねたくなった。目の前の男は自分の欲求に素直な子供のようにしか見えず、結婚という言葉が上手く当てはまらない。とにかく彼は、肩が軽そうだった。

はっとある可能性を思いつく。もしかしてエリックは現実の世界と架空の世界を混同しているのかもしれない。彼にとってアニメのキャラクターは友達であり、恋人であり、妻なのだ。

「エリックの嫁さんはどの美少女だ？」

俺は壁一面に貼られたポスターを見回した。

ひゃひゃ、とエリックが可笑しそうに笑う。「お兄さん、面白い。仁亜と同じ」

俺の思いついた可能性というか、それは願いのような感情も含まれていたのだが、エリックが言う結婚とは、架空の少女との結婚ではなかったようだ。

「本当に結婚してるのか」と確認するように質問した。

「はい、妻はアメリカにいます。娘は三歳になります」

「子供もいるのか！」

「結婚をすれば、子供ができても不思議ではありません」エリックは小鼻を膨らませ、むふふっ、と笑う。「当たり前のことです」

「それなのに日本に来たのか？　仕事を辞めてゲームをするためだけに」

エリックはことごとくこちらの想像を上回る。まさかそんなことはやらないだろう、ということを、彼はやる。その行動力には驚かされるが、やらないこととは、やってはいけないことも含まれていて、そういうことの分別がついていないのではないか、と心配になった。

「日本のゲームセンターは本当に素晴らしいです」

エリックは親指を立てる。それを突き出すようにした。

「誉めてくれるのは嬉しいが、けど、エリックの家族は理解があるんだな。結局、日本に行くことを許してくれたんだろ。もしかして、もの凄いリッチマンか？」

アメリカという国の寛大さというのか、能天気さというのか、大雑把で大きな部分を見た気分になった。神経質な日本がいつまでたっても対等になれない理由はこのあたりにあるのではないか、と妙に納得してしまう。

「お金ありません。日本に行く、と話すと妻は怒りました」

「正常な反応だ」

「だから、離婚です」

「別れたのか？」

「日本に行くなら、離婚。そういう話でした」エリックは淡々と話す。「アメリカでは夫婦の合意がなくても、一方の意思で離婚できます。ワタシの住む州では、特別な理由がなくても、一年間別居状態であれば、離婚が成立します。ですから、まだ婚姻関係がつづいているのか、それとももう終わったのか、それはわかりません」

「連絡は?」

「ありません」

「だったら日本に来なければよかっただろ。子供とだって会えなくなる」

「どうして、ですか」エリックが首を捻る。「ワタシは日本に行くことを決めました。何があっても行く、と決めました」

「そこは考え直せよ」

「考える必要ありません」

「そうだよ、考えることなんてねえ。家族とゲームのどちらが大切なのか、考えなくてもわかることだ」

「はい、そうです。わかることです」

そう答えたエリックの目が、ちらっとゲーム機を見た。それが答えらしく、何なんだお前、となじりたくなる。しかし、それすらもできないほど脱力していた。

世界は広く、人間の思考も人の数だけあって、異なる。

さっきやったように、そう無理やり自分に言い聞かせる。その方法しかなかった。

「エリック、間違ってるぞ」

伝えるべきは伝えておこうと、俺は冷静な口調で告げた。

「やっぱり兄弟です。仁亜にもそう言われました」エリックが愉快そうに笑う。「家族は大切にしたほうがいい。そう言われました、です」

「その通りだ」親父の顔を思い出し、首筋がむず痒くなった。「で、エリックはどう答えた?」

「もちろんです、と言いました」

「ん」俺は眉根を寄せ、顎を突き出すようにする。「家族を大切に思ってるってことか?」

二番目に、という答えが返ってきたので、げんなりとする。一番は質問しなくてもわかった。自分の意思と欲求。

「その答えじゃ仁亜は納得しなかっただろ」

「笑ってました」

「笑う?」

「羨ましい、とも言ってました」

「どこが?」

「エリックは一番に囲まれてる。仁亜はそう言いました。俺の周りなんて一番が消えて、二番ばかりが増えてる、と」

「美味いびわが食べられなくなったんだ」と教えてやる。

「それは何ですか?」

仁亜の一番だ、と答えると、「そうですか」とエリックが頷く。「一番がなくなるのは悲しいことです」と声を落とした。

「それにしてもエリック、家族がゲームに負けたのか」

きっとエリックの妻も驚いたはずだ。えっ、わたしはゲーム以下なの、と。

「日本に来て、ゲームだけでなく、アニメーションやコスプレも好きになりました。一番がどんどん増えます」

「仁亜とは逆だな」

「逆です。一番に囲まれてるワタシは、すっかりオタク外国人です」

エリックが使う、「すっかり」という言葉が可笑しくて、思わず噴き出してしまった。もう笑わずにはいられない、という心境でもある。

「楽しそうだな、エリック」

母と弟を失い、夢にも挫折した俺と、家族と離れてのんびりと自由を満喫している、彼。人生の過ごし方としては、彼のほうが正しいように思われ、損をしているような気分にもなった。

「楽しいです」エリックは軽快に答える。「一番に囲まれるのは、とても楽しいことです」

「けど、エリックの家族は災難だ。エリックが出て行ってしまったんだからな。ゲームのことを、いや、ゲームセンターを作った日本人のことを恨んでるかもしれねえな」

「それはないです」エリックの声が弱くなった。「彼女が恨んでいるのは、ワタシ」

そこは理解しているらしい。自分の決断は恨まれる行動だとわかっている。常識人らしき部分を発見して、安心した。

「恨まれるのは気分がいいものじゃねえだろ」

「恨まれるのは、怖いです。嫌われるのは、つらいです」

「正常だ」

「いいえ」エリックが首を横に振る。「きっとワタシは異常。歪んでいます」

「歪み？」

「三角形とか、四角形とか、あるでしょう」エリックの声には力がない。溜め息を連続しているような印象だった。「ワタシ、苦手です」

「五角形とか、六角形とか？」

「はい」

図形が苦手とはどういうことだ、と首を捻り、その疑問をぶつけた。

「三角も四角も、五角形も六角形も一本の線が繋がってできてる。どこも途切れてない、です。途切れると形にならない。そういう形が苦手です」

「そりゃ家族のことを言ってるのか？」

エリックが申し訳なさそうな、気恥ずかしそうな表情をする。「言ってます」

「縛られてるようで、窮屈か？」

「腕を伸ばして手を繋いでるように見えます。三角形なら、三人家族。四角形なら、四人家族」

なるほど、と頷いたが、そんなことはどうでもよかった。

「じゃあ、エリックは何で結婚したんだ?」

「手があったから、でしょうか」エリックが自分の手に視線を落とす。表と裏を入念に眺めた。

「ぎゅっと誰かの手を握り締めたくなりました。三角形や四角形になってみたくなりました。でも、苦手でした」

「勝手だな」

「勝手です」エリックが顔を上げ、そして弱々しく微笑む。「ワタシは歪んでます。形を作れない」

「っていうか、お前は円だ」

「エン?」

「丸だよ、丸。サークル」俺は宙に円を描く。「エリックは腕を伸ばすことなく、自分の手を自分で掴んでるんだ。直線のない、滑らかな曲線だよ。自分で自分のことを抱き締めてる状態だな」

褒められたと勘違いしたのか、「エリックは円ですか」と彼は表情を柔らかくした。「一つ図形が好きになりました」

嘆息を洩らす。「エリックは変わってるな」としみじみと言いながら、だから仁亜は気に入ったのかもしれない、と思った。

「みんなにそう言われます。エリックは変わり者」

そこで、そうだ、と思いついた。

「エリック、トイレを貸してくれないか」

「いいですけど、すぐに返してくださいよ」

エリックはそう言って、笑った。とても丸い笑顔だった。


トイレの壁にもキラキラと輝く目の少女たちがいた。これでは落ち着いて用が足せないが、便意を催したわけではなかった。

携帯用カセットプレイヤーを取り出すと、再生ボタンを押した。仁亜がエリックのことをどう紹介するのか、どうして引き合わせたのか、興味があったのだ。それだけのことなら彼と別れたあとでもよかったのだが、エリックに伝えることがあるかもしれない、とも思い、こういう場所で聞くことにした。

「エリックは不良外国人なんだ。兄貴は理解できないだろうし、腹が立つかもしれない」

俺はその言葉に激しく頷く。

「でも、エリックって正直だろ。笑っちゃうくらいに」テープの中の仁亜が、言葉通りに笑う。弟の笑い声が耳元で跳ねた。「それに、堂々としてるよな」

それは違和感のある言葉だったが、彼の姿を思い返すと納得できた。

一番に囲まれながら、へらへらと笑うエリック。それはどんな者の非難や説得をも寄せつけない力強さにも感じられた。こっちの都合や迷惑を考えず、少女たちを紹介し、コスプレの服を自慢する彼は、堅牢とも言うべき強さを持っているのではないか。

エリックは堂々と道を外れている。そういうことなら頷けた。

「そういう父親もいる。子供はたまったものじゃない」

その通りだ。

「ましじゃないか」

俺はその問いかけに立ち止まるような気分になった。まし、とは何と比較しているんだ。

「無口で、頑固で、怒りっぽいけど、うちの親父のほうがましじゃないか。なあ、兄貴」

口元が緩んだ。そういうことか。

最低な父親と対面させ、親父と比較させる。そして、境遇は自分のほうがましだと自覚させる。仁亜は俺と親父を仲直りさせるつもりだったのか。

「下手だな」とつぶやくが、仁亜の次の言葉に驚かされた。

「親父と兄貴はぶつかってばかりだ。だからって、仲直りさせようとしてるんじゃない。さほど会話もないし、顔を合わせるといがみ合ってるけど、二人の相性は俺なんかよりもいいと思ってるんだ。俺が間に入る必要はない」

では、仁亜はエリックとの出会いで何を伝えたかったのか。

「エリックは旅行で訪れた日本でゲームに出合い、かっこいいと思った。俺も思っちゃったんだよ」

後半部、仁亜の声は照れているようだった。

「まだ親父には言ってないんだけど、専門学校を辞めようと思う」

呼吸を止めるほどはっとし、耳に神経を集中した。

「あれはいつだったか、早起きしたんだ。時計を見ると午前五時。いつもならもう一度眠るんだけど、その日は目が冴えて、ベッドを出た。それから腹が減ってるのに気づいて、外に出たんだ。うちのうどん店、午前七時からやってるだろ。裏口から店に入ると小気味いい音が聞こえるんだ、トントントンってさ。白衣姿の親父がうどんを打ってた。窓から射し込む朝日を背中に浴びながら、一心不乱に手元を見つめてる。演出がかって嘘くさいくらいに輝いてて、でも、俺はその光景に目を奪われたんだ。かっこいいと思っちゃったんだよ。心を奪われた」

仁亜は親父の背中に憧れた。俺にはまったく想像できなかったが、仁亜は一瞬で心を激しく鷲掴みにされたらしい。あの頑固親父に、だ。しかもその想いは強烈なもので、専門学校を辞めることも考えていた。

「あのさ、兄貴」仁亜の声が改まる。「俺、うどんの修業をはじめようと思う。どうやら一番を見つけたようだ」

深呼吸をするように、ゆっくりと息を吐き出した。

「兄貴、人生には今まで積み上げてきた努力を無駄にしても、別の道に進むべきだ、と思うことがあるんだな。もったいない、理解できない、と言われても、本人はその選択に確信がある。世界は一瞬で変革するし、それはこれまでの価値観を百八十度転換させるほどのパワーを持ってる。兄貴の一番と俺の一番、どっちが先に物になるかな」

一番、と天井を見上げて考える。

音楽なのか……。まだ十代だったあの頃は確かに一番だったはず。家族や友人と別れても音楽活動をすることを決めた。しかし、今はギターを触る気も起こらない。

本当に一番だったのか。高校卒業を目前に進路が定まらず、うどん店を手伝え、と親父に一方的に将来を決められた気分になった俺は反発し、音楽に逃げた。そう思い出すこともできる。一番ではなく、近くにあった掴みやすいものを反抗の道具として使ったに過ぎないのではないか。

東京に出ても目標に一途ではなく、練習よりも遊びやバイトを優先したことは多々ある。オーディションに落ちても悔しさや焦りは薄かったかもしれない。十年近くだらだらと確固たる決意も熱意も才能もなく、一番でないものを追いかけた。

解散が決定し、すっきりとするはずだ。これは不幸というよりも、悲劇ではないか。

「兄貴も頑張れよ。頑張れば、今度は金色のメダルをやるからさ。覚えてるか兄貴……」

それは魅力的だな、と表情筋の緊張を解く。親父が持っていた金メダル、本当は羨ましかったんだ。

それからテープを聞き進めても、エリックに伝えるべき言葉は出てこず、「彼に美少女キャラクターの悪口を言わないように」という注意があるだけで、それから、「さあ、今度は」という言葉が聞こえたので、俺はそこでテープを停止させた。

なるほど、と思う。ここへ俺を誘ったのは、うどん店の修業をはじめる、という宣言をするためだったらしい。


トイレを出て部屋に戻ると、「大きいほうですか」とエリックが訊ねてきたので、「中だ」と下らないことを言ってしまう。つづけて帰ることを伝えようと口を開いたのだが、そこで彼が「悲しいですか」と控えめな口調で訊いてきた。

「……たぶん、悲しい」

そう答えるのが精一杯だった。胸の中を掻き毟られるような、激しい感情の落ち込みは、まだない。

「お兄さんの心は複雑ですか?」

「複雑というか」俺は力なく笑う。「鈍感だ」

「ドンカンの意味は、鈍いですね。ワタシは鈍感の反対でした。仁亜が死んで、たくさん涙が出ました。今もとても悲しいです」

「俺は、まだだ」と告白する。罪を認めているような気分になった。

「どうして、ですか？」

「仁亜とは十年間、会ってなかった。記憶や思い出の量が悲しみに比例するなら、たぶん理由はそういうことだ」

エリックが難しい顔をする。「ごめんなさい。意味がわかりません」

「もっと仁亜と一緒にいてやればよかった、ってことだ」

「そうですか……」

エリックが肩を落とし、こちらが戸惑うほど落ち込んだ。

「どうした？」

「ワタシがこのまま年を重ね、死んだとします。娘がそのことを知っても、お兄さんのように泣きません。そう思うと、寂しい」

「自業自得だ」

「……日本語、難しいです」

「そういう道を、エリック自身が選んだ」

弟が死んでもすぐに涙を流すことができない道を、自分自身が選択した。俺は自分に向かってそう言っていた。

「そうですか」エリックが大きな溜め息を出す。「ワタシはひどいお父さん。どうすればいいですか、お兄さん」

知るか、と突き放せなかったのは、おそらく彼と自分を重ねたからだ。

「エリックが自分の葬式で娘に泣いてほしいなら、父親であるべきだ」

電話、とエリックが慌てたので、「それじゃ駄目だ」と首を横に振った。「声と姿が一致する思い出が必要なんだ。声だけじゃ心は震えねえ」

「会えばいいのですか」エリックは薄茶色の瞳を細かく左右に動かす。「そうですか」と指を折りながら、考える表情に変わった。

「アメリカに帰るのか？」

「こんなワタシが、娘の父親でありたい、と思うのは勝手ですか」

「いや、いいんじゃねえか。エリックは最初から自分勝手な男だろ」


変わった外国人と別れたあとも、もちろん散歩を続行する。

さらに郊外へと足を向けた。そう指示があったからだ。人の往来が少なくなったが、忙しそうに歩くサラリーマンや辛苦に耐えるような表情で自転車を漕ぐ中年女性の姿が視界の端に映った。ぼんやりと歩く自分だけが彼らとは違う世界で生きているような錯覚を覚えて、焦りのようなものを感じた。

小さな書店や飲食店が見える。そこで、「俺は昼食を摂らない。兄貴もそのつもりで」と仁亜の声が聞こえた。

弟よ、すでに兄は腹を満たした。途中見かけた中華料理店でラーメンを一杯。俺はにやりと表情を崩す。

「早く先へ進もう」

仁亜の詳細な指示に従って進むと、周囲を田んぼに囲まれたワンルームマンションが見えてきた。

新しくも古くもない三階建てのワンルームマンションだ。白い壁には適度な汚れが付着し、細かく区切るように長方形の窓が行儀よく並んでいる。エントランスの隣には駐輪場があり、奥には狭い駐車場が見える。小さなコインランドリーのそばには低木が植えられ、青々と葉が茂っていた。

「次は２０５号室」仁亜の声が聞こえた。「今度も友達だから、安心していい」

またか、と俺は疲れた息を吐く。そんな溜め息が聞こえたかのように、「ここまで来て、やめる、なんて言わないでくれよ」と仁亜が甘えるような声を出した。

今度はどんな宣言をしてくれるんだ。

エントランスを通ると、階段を上る。誰ともすれ違うことなく、二階にたどり着いた。部屋番号を確認しながら進み、２０５号室の前で足を止めた。

表札に名前はない。そこでまた仁亜の声が聞こえてきた。注意を一つ、と声を潜める。

「恋愛の話は避けたほうがいい」

どういうことだ、と首を曲げた俺はすでにインターホンを押していた。扉の向こうから薄《うっす》らと聞こえる、インターホンの音を聞いている。

注意事項を頭の隅に置き、カセットテープを停止した。緩やかな緊張をまといながら、待つ。すぐに勢いよくドアが開いた。俺はその勢いに押されるように、一歩後退する。

ドアの奥から飛び出てきた人物が、「仁亜君」と声を上げて抱きついてきた。俺の身体を締め上げるようにぎゅうぎゅうと絞る。俺は身体を硬直させ、地面から伸び出た棒のように直立した。

「悪いが、仁亜じゃねえぞ」

こういう場合は慌てるよりも落ち着いて対処したほうがいい、のだと思う。内心では汗をかき、うろたえていたのは言うまでもない。

「嘘！」部屋の主であろう彼女は俊敏に後方へ退いた。「ごめんなさい」

右半身を下にして寝ていたのだろう。右の頬が赤く、くっきりと跡がついていた。ぼさぼさの髪の毛、化粧気のない顔、赤いストライプ柄の部屋着は右足の裾だけが膝まで捲《まく》れ上がっている。眉が短く、薄く、能面のようだったが、目が大きくはっきりとしていて、可愛らしさがあった。身長が低く、幼い印象も受ける。

「誰？」と彼女は開けた扉を盾にするように隠れた。

「突然訪ねてきて悪かった」俺は警戒心を解こうと笑顔を作る。「仁亜の兄だ」

「えっ、お兄さん」彼女は驚いたあと、どうしよう、と指で眉を隠した。それから、それでは埒《らち》が明かない、と思ったようで、「少し待っていてください」と部屋の中に消える。ばたん、と乱暴に閉まるドアが彼女の慌てぶりを表しているようだった。


十五分ほど待たされた。「ごめんなさい」と今度も勢いよくドアが開き、未完成ながらも、輪郭のはっきりとした彼女が姿を現した。髪の毛を梳かし、眉を描くと二十歳前後には見える。淡いグリーンのシャツとふんわりとした白いスカートが似合っていた。

「一つ訊きたいんだが」と俺は言う。はい、と彼女が頷いたので、「俺が仁亜の兄だと信じたのか？　あんたが『仁亜』と叫びながら抱きついてきたから、そう言ったのかもしれねえだろ」

あまりにも無用心な気がした。

「似てますから」彼女が、こちらを指差す。「そっくりです。十年後の仁亜君みたい。十年後の未来からやって来た仁亜だ、って言われても信じましたよ」

俺は自分の顔を触る。葬儀のとき、何人もの参列者に、「やっぱり兄弟ね、そっくり」的なことを言われた。

「そんなに似てるか」

自分ではそれほど似ているとは思えなかった。

「はい。未来の仁亜君か、兄弟じゃなきゃあり得ません」

「それにしても、だ。ドアを開けたとたん抱きついてくるってのは、少し軽率だろ。確認はしたほうがいい。訪問販売の営業マンや荷物を届けにきた宅配業者の人間だったらどうする?」

「でも、似てたんです」

「似てた、って何が?」

「仁亜君が鳴らすインターホンの音と、お兄さんが鳴らしたインターホンの音です」

俺は小さな笑いを口の端から洩らす。「本気か?」

「もちろん、大真面目です」彼女は目と口元に力を入れ、まさしく『本気』という表情をした。

「足音だけでその人物を特定できることってありますよね。音の強さとか間隔とか、ありませんか?」

「んー」まだ家族で住んでいた頃、自室にいても廊下を歩く親父の足音と母親の足音は聞き分けられた。「あるかもしれねえな」

「それと同じですよ。ピン、のあとの、ポン、という音の間隔なんて、もうそっくりです」

「……あの音が」

音というものに敏感な人間はいて、他バンドの知り合いにも絶対音感という音に対する感覚が異常に鋭い人物がおり、彼女のそれも、その親戚みたいなものではないか、と想像した。

「間違ってたら、ごめん」俺はそう前置きをする。「あんたは仁亜の恋人か?」

「え、違いますよ」

彼女は慌てて、手を振る。

「けど、抱きついたわけだから」

「あれは挨拶です。おはよう、こんにちは、と声をかける代わりに、ハグ」

「情熱的だな」

「ですよね」

「ん？」

「あれは仁亜君に教えてもらったんです。留学してたんですよね、彼。外国じゃ当たり前だ、って」

「まあ……」

ここ日本は侘《わ》びと寂《さび》を愛でる国だ。

「それに、早く仲良くなれる、って。本当にそうでしたけど」彼女が微笑む。右側の頬に笑窪ができた。「でも、最初は戸惑いました」

「あいつは変わってるから」

「ですね」

彼女の名は物部由香里《もののべゆかり》。出会ってから二十分後、ようやく自己紹介を交わした。

「あの、それで、仁亜君のお兄さんがどうして……」由香里の顔が疑問符で埋め尽くされる。

「仁亜君はどうしたんですか?」

この子は知らないのか。

「さっき、早く仲良くなれる、って言ってたけど、もしかして仁亜とは知り合って間もないのか」

「えっと」由香里の声に困惑の色が窺えた。「知り合ったのは一週間くらい前で、偶然だったんです」

やっぱり、と俺は頷く。出会って一週間、きっかけが偶然ということなら共通の知り合いもまだいないだろう。だから彼女には訃報が届かなかった。

「それで、仁亜君は?」

由香里の黒目がきょろきょろする。どこかに隠れているとでも思ったのかもしれない。

「仁亜は、来てない」俺は、伝えるぞ、と腹に力を入れる。できるだけ暗くならないようにしようと声質に気を配った。「仁亜は、死んだんだ。不運な事故だった」

「嘘」と由香里が小さく悲鳴のような声を上げた。口元に持っていった手が震え、見る見るうちに表情が蒼褪める。大きな目から涙が零れた。「やだ、どうして」

彼女と仁亜の出会いは、いい出会いだったのかもしれない。由香里の反応を見て、そう感じた。短い付き合いであるはずなのに、こんなにも彼女は衝撃を受け、悲しんでいる。こういう感情は間違っているのかもしれないが、人目も憚《はばか》らず涙を流す由香里のことが羨ましくなった。

俺は待つことしかできない。玄関の前で座り込み、肩を震わせる彼女を見ていることしかできないでいた。言葉をかけて慰めたり、悲しみを共有するふりをするのは、うそ臭い。涙を流すことさえできない俺に何ができるというのか。

それから数分して、由香里は重い身体を無理やりに引き上げた。ごめんなさい、と何度も繰り返す。充血した目を、痛めつけるように擦った。

「謝ることなんてねえよ」

由香里は控えめに鼻水をすすり、「でも、ごめんなさい」とやっぱり頭を下げる。「今日はそれを知らせに来てくださったんですか」

「あ、いや」俺は頭を掻く。咳払いを挟んだ。「仁亜に言われて寄ったんだ」

「……どういう、ことですか？」

「散歩に誘われたんだ」俺は言ったあと、「実はこれに」と携帯用カセットプレイヤーを取り出した。「仁亜の声が吹き込まれてる」

「それは」由香里の目が、こちらの手元を観察するように凝視している。「音楽プレイヤーですか。大きいですね、それに古い」

「カセットテープを再生する機械だ。はじめて見る？」

「たぶん」由香里は申し訳なさそうだった。「でも、噂には聞いたことがあります」

「そうか」俺は携帯用カセットプレイヤーをまじまじと見つめる。「とうとうお前も噂になったか」

由香里の顔を覆っていた強張りが、少しだけ緩んだのがわかった。まだ涙の切片《きれはし》が声の調子や俯《うつむ》き加減になった頭の角度に残ってはいたが、落ち着こうとする意思が見て取れ、ほっとする。

玄関先ではあったが、俺はこれまでのことを、彼女に話して聞かせた。エリックに説明した内容よりも、少しだけ詳細になる。毎年誕生日に、カセットテープに声を吹き込んでいることや、幼かった仁亜の思い出を交え、もちろんキングやエリックのことも話した。

由香里は途中で余計な質問をして話の腰を折ることなく、正しい聞き手の見本のように、真剣に耳を傾けていた。感心して頷き、そして時々、笑顔も見せることもあった。

「でも、どうして仁亜君は、わたしを紹介したい、なんて思ったんだろう」

由香里が難しい顔をする。

「さあ、どうだろうな。エリックのときは、自分の進路を宣言するきっかけだったようだが……。カセットテープを聞けばわかるかもしれねえが、まずは由香里ちゃんと話さなきゃならねえ。それがルールだ」

「話、ですか……」

「何でもいい。そうだ、仁亜と出会ったのは偶然だって言ってたな。どうやって出会ったんだ？」

「仁亜君とは……」そこで由香里は何かを思い出したのか、目を細めた。「仁亜君、わたしに何て声をかけてきたか知ってますか」

知るわけがない。「まずは挨拶じゃねえか」と言ってみた。

「普通じゃないですか」由香里が声を上げる。「それじゃ印象にも残りません。面白くないですよ」

「確かに、そりゃ面白くねえな」

そこで由香里は何かに気づいたようで、「あっ」と声を発した。「ずっとこんなところでごめんなさい。お兄さん、部屋にどうぞ」

「いいのか」俺は躊躇する。「部屋には誰もいないんだろ」

「お兄さんは理性を失って襲いかかってきたりしないでしょう?」

「当たり前だ」

そのつもりがあったわけでも、下心があったわけでもないが動揺してしまう。

「だったら、どうぞ」

由香里は扉を大きく開け、無邪気な笑顔を見せながら誘う。

「じゃあ、少しだけ」

俺は背中を伸ばし、部屋の中に足を踏み入れる。背後でドアの閉まる音が聞こえ、視界が薄暗くなった。同時に、甘い香りがした。

若々しく女の子らしい部屋、という感想を持ったのは、俺が『おじさん』と呼ばれる年齢に近づいたからだろうか。カーテンはオレンジとホワイトのチェック柄、布団カバーは薄いピンク色、白いソファの上には笑顔で統一された動物のぬいぐるみがいくつか置かれている。どうぞ、とテーブルに置かれたマグカップは苺の模様に埋め尽くされていた。見ているだけで甘そうであるのに、そこに注がれているコーヒーは無糖だ。

「軍手みたいだ、って言われたんですよ」

突然の言葉に慌てた。「何が?」

「わたしですよ。仁亜君に最初に言われた言葉が、それです」

その話か。

「軍手か」と言いながら、由香里を眺める。顔を近づけたり、離したりしてみた。「仁亜は喩《たと》えるのが下手だな。まったく似てねえ」

「それはそうです。軍手っていうのは、わたしの容姿のことじゃなくて、そのときの状況のことを言ったらしいですから」

「軍手のような状況って」考えてみるが、思いつかなかった。「どんな状況だよ」

「駅の構内で、絶望に打ち沈んでいたんです、わたし」彼女は笑ったが、それは日陰の中で見る笑顔のようだった。「ちょうど改札口の前で、通行人の迷惑も考えずに、恥ずかしさもどこかにやって、しゃがんでいたんです。涙を受け止めるように両手で顔を覆って、泣きじゃくってました」

「どうして?」

「悲しいからに決まってるじゃないですか」由香里の口調が苛立つ。「知りませんか、お兄さん。失恋っていうのは、泣いちゃうくらいにつらいものなんですよ」

「そ、そうだな」俺は苺のマグカップを持ったまま、彼女の言葉の勢いに仰《の》け反《ぞ》る。「失恋はつらいものだ」と賛同しながら、恋愛の話は避けたほうがいい、と忠告した仁亜の声を思い出した。

「そうなんですよ」由香里はまだ失恋の傷を抱えているようで、大きく溜め息をつくようにがっくりと肩を下げた。「はじめての失恋で免疫がなかったから、特にです」

「そんな由香里ちゃんの姿を見て仁亜は、『軍手みたいだ』って言ったのか?」

「はい」由香里が頷く。「ほら、時々、道路に汚れた軍手が落ちてるじゃないですか。踏み潰されて真っ黒になったやつです。なぜか片一方だけ。あれに似てる、って」

「最低だ」

「最低です」由香里ははっきりと言った。「でも、的を射てるんですよね。それに、助かった、と思う気持ちもあったんです」

「助かった?」

「横を通り過ぎる人たちは、憐憫の眼差しを向けてくるか、鬱陶しそうな感情をぶつけてくるか、不審がって距離をとるか、のどれかです。そういう人たちばかり。関わらないほうが得策、とばかりにこちらを見ない人も多かった」

「きっと俺も、そうする」正直に告げた。「見ねえな」

「でも、仁亜君は話しかけてくれた」

「あいつは困った人間を放っておけないタイプなんだ」

エリックにも言った言葉を、ここでも使った。改札口の前で泣きじゃくる女性に声をかけるというのは、なかなかできることではない。

「もしくは、由香里ちゃんから失恋の悲しみを感じ取ったのかもしれねえ。だから声をかけた」

「どういうことですか?」

「昔、仁亜も大きな失恋をしたんだ」

「大きな、ですか。その話は初耳です」

由香里が興味津々な顔をして、奥の奥まで覗き込もうとするかのような目の輝きを見せたので、「詳しくは話せねえけどな」と先手を打つ。失恋が悲しすぎて日本から逃げた、なんてことは死んでも話してほしくない事項だろう。

「聞きたかったなー」

「由香里ちゃんの失恋話も聞かねえから、許してくれ」

そう言ったのにはもう一つ理由がある。失恋話を聞かされ、彼女がそのときのことを思い出し、そして泣かれ、それを慰める役は自分しかおらず、そういう一連の展開が面倒だったのだ。おそらく俺は、「男なんて腐るほどいる」であるとか、「そんな男とは別れて正解だ」などという気の利かない台詞を吐くに違いない。

そこで由香里が愉快そうに小さく笑った。

「何だ?」

「お兄さんと仁亜君は、似てるようで似てないな、って思ったんです。やっぱり違うところもあります」

「どのへんが?」

「仁亜君は、わたしの失恋話を聞きたがって、あの日は質問攻めでした。全部聞いてくれて、それから乱暴な飲み方のお酒に付き合ってくれて、部屋まで送ってもくれました。そのあとも部屋に引っ張り込んで、わたしはうじうじと泣いたりして……。でも、そうしているうちに段々落ち着いてきて、人に話すのって大事なんだな、って思いましたよ。次の日の朝になるまで、ずっとわたしは泣いてましたけど」

「そうか」

自分ならば即降参するところだ。

「でも、まだ立ち直れてないんですよね」由香里の表情に影が落ちる。「失恋がこんなにも苦しいものだって思いませんでした。自殺しちゃう人もいるじゃないですか、あんなの信じられなかったんですけど、今なら理解できます。どうしようもないんですよね、この萎れてしまうような感じって。今はそんな選択肢は頭にないですけど、ふと彼のことを思い出して落ち込んだと思ったら、むかむかしたり、大変です。そんなときは、また仁亜君が話を聞いてくれるんです」

「仁亜がそんなに聞き上手だとは知らなかった」

「ごめんなさい」由香里が肩をすぼめた。「仁亜君、うんざりしてたかもしれない。知り合ったばかりなのに暗い失恋の話ばかりで。仁亜君って優しいから、言い出せなかったのかも」

「弟は聞き上手で優しく、俺に似てる。完璧じゃねえか」

たはっ、と由香里が笑いを口の端で弾けさせた。

「完璧な男はつまらねえか」

「ですね。完璧な男って、面白味がありません」

「それが完璧な男の悩みだ」

まるでそれが自分の悩みのように言った。

「仁亜君が海を眺める理由を知ってますか?」

「何の話だ?」

突然のことに狼狽する。

「仁亜君の話です。それから、海の話です」

いや、完璧な男の話だったはずだろ。

「仁亜が海を眺めるのが好きだったとは知らなかった。ロマンチストだったんだな、うちの弟は」

「わたしも最初はそう思いました。俺が海を眺める理由を知ってるか？　と訊かれて、海の大きさがどうだ、とか、海に沈む夕陽がどうだ、とか、そういう背中が痒くなるような話をつづけるんだと思ってたんです」

「違った？」

「はい、違いました」由香里が頷く。「仁亜君が海を眺めるのは、スピードと効率が優先される現代への抵抗、なんですって。だから防波堤の上に座って、時間を気にせず、何もせずにぼうっと海を眺めるらしいですよ」

「何だ、その理由は」

「可笑しいでしょう」

「可笑しいな」

俺は頬を緩める。

「だから、大丈夫です」

「大丈夫？」

「仁亜君はつまらない男ではありません」

「なるほど」

「仁亜君もお兄さんも、完璧じゃありません」

「そうか、そりゃよかった」

「仁亜君はどうしてそんなテープを作ったんでしょうか」

そんな質問を向けられて、はじめてはっとした。仁亜は毎年テープに自分の声を吹き込んでいて、たまたま『番外編』というテープがあり、気まぐれで作ったのだろう、と深く考えてはいなかったが、改めてそう問われると不思議な感じもする。

「お兄さんをわたしのところに向かわせた理由もわかりません」由香里はやはりそのことが気になるようだ。「仁亜君のことをよく知ってる友人というわけじゃないし、失恋の話を聞いてもらってただけなのに……」

「まだ謎だな」

「……誰かと別れることって、痛いですよね」失恋のことを思い出して表情を曇らせたのかと思ったが、どうやら違うようだ。「仁亜君とも別れちゃった」

「そうだな、別れはつらい」

「仁亜君は弟ですもんね」

「そうじゃない」と言うと、由香里が「えっ」という顔をした。

「いや、仁亜は弟だ。そういうことじゃなくて、最近のことだが、ずっと一緒だった仲間と離れ離れになった。そのことを思い出したんだ。仁亜は、別れに慣れろ、なんてことを言ってたが、由香里ちゃんには優しかったようだ」

「……ごめんなさい」

由香里が居心地悪そうにする。

「由香里ちゃんが謝ることじゃねえ。仁亜の意見は人によってぶれるってことだ。人間らしくていいじゃねえか」

「いい、ですか」

「ああ、弟の気持ちが透けて見えるようだ」

「どんな気持ちですか？」

由香里は首を軽く曲げ、目を瞬いた。


「あの、わたしと話して、仁亜君の目的に何か気づきましたか」由香里はその答えが知りたくて仕方ないようだった。「やっぱりテープのつづきを聞くのはルール違反ですか」

「まったくわからねえな」俺は薄々感づいていたが、もったいぶるようにそう答えた。首にかけたヘッドホンを触る。「聞いてみるか」

自分が導き出した解答が正しいのか、答え合わせをしたくなった。

「ぜひ、お願いします」

由香里が上半身を乗り出すようにして、顔を近づけてくる。

ヘッドホンを耳に当て、再生ボタンを押した。彼女は固唾を呑んで、こちらを見つめている。手の形がグーになっており、力が込められているのがわかった。

「彼女、失恋したんだ」仁亜の声が聞こえてくる。「『ニュージーランド行き決定』級の深刻なやつ」

そこで俺は堪えきれずに笑ってしまう。由香里に理由を訊ねられたが、こっちの話だ、と誤《ご》魔《ま》化《か》した。

「それで彼女」仁亜の声がつづく。「離れて行った恋人のことを恨んでるようなんだ」

恨み、という言葉の力なのか、細い針で左胸をちくっと刺されたような痛みが走った。じわっと黒い液体がその小さな針穴から滲み出てくる。それは粘着質な熱い液体で、嫌な感じがした。

「だからさ、彼女の恨みを晴らしてやろうと思うんだ」仁亜が言った。「そのために、あるものを用意した。彼女をそこまで連れて行ってくれないか」

俺はそこでいったんカセットテープを止める。由香里に視線を向けた。

「面白い展開になった」

「何ですか」

「恨んでるのか?」

「今」由香里は目を大きくしている。「恨み、って言いました?」

「言った」俺は頭を振る。「あんたのもとから離れて行った恋人のことを、恨んでるか?」

由香里は長い間を空ける。自分の胸を見つめるように頭を倒した。自分の中にいるもう一人の自分と相談をしているようにも見える。

「恨んじゃってますね。むかむかの原因はそれです。突然のことだったし、理由も納得できるものじゃなかった。いつものようにデートしたあと、『バイバイ』の代わりに『もう終わりにしよう』って言われて、どうして? って訊くと、もうすぐ夏だから、って言うんですよ。そうだね、じゃあ仕方ないね、とは頷けません。二年以上も付き合ったんですよ。でも、彼はさっさと改札口の向こうに消えちゃったんです。すぐに彼の携帯電話にかけたんですけど、出ないし、メールも返事はない。部屋に行っても無視です。それで本当に関係が終わっちゃいました。恨みますよ、そりゃ。恨まないほうがおかしいです」

由香里の声は後半に差しかかるにつれて興奮し、すべて吐き出し終えると口元をぎゅっとつぐんだ。怒りが洩れ出さないようにと堰き止める、頑強なダムのようだ。

「お兄さんの言う通りです。わたしは恨んでます」

「じゃあ、今からその恨みを晴らしに行こう」

「えっ」由香里がまごつく。「どういうことですか?」

「いい方法があるらしい。仁亜がそう言ってる」

俺は言いながら携帯用カセットプレイヤーを突いた。

「仁亜君が……」

「そうだ」

「何を持って行けばいいですか」

由香里は早くも膝を立て、やる気だ。

「準備は弟がしてるらしい」

「完璧ですね」

「つまらない男だ」

「そうですね」由香里が短く舌を出す。「お兄さんに似て、完璧じゃないです」

「そりゃよかった」


俺たちは部屋を出ると、仁亜に教えられる通りに歩いた。彼女のワンルームマンションが見えなくなったところで、「どこに行くんですか」と由香里に訊ねられる。

「小学校みたいだ」

ゴールは事前にわかっていたが、仁亜によると小学校にあるものを隠したらしく、まずそれを手に入れるように、という指示があった。どうせならゴール地点に一緒に置いてくれればいいものを、と思うが、そこが何とも仁亜らしい。

どんなときでも楽しみは必要だよ、とは仁亜が高校受験真っ只中の頃に言った言葉だ。弟は受験勉強に勤《いそ》しまなければならない身のはずなのに、その当時夢中だった映画作りに気を奪われていて、それを心配したおばちゃんが電話を寄越してきた。健ちゃんからちゃんと言ってやって、と頼まれ、偉そうに説教を垂れたところ、そのような返事があったわけだ。

これも受験勉強の一部なんだ、と仁亜は言い、「兄貴、勉強ばかりじゃ俺の頭は多様性を失う。柔軟性のないロボットと同じだよ」と反論した。

「受験ってやつはロボットになった奴が勝つんだ。お前の目指す高校は映画の知識が必要なのか？」

「必要ない」

「だったら、受験が終わるまでは休め」

「駄目なんだ」

「どうして？」

「それが俺の受験勉強だから」仕方ないことなんだ、というニュアンスを言葉の端々に滲ませた。「暗記に成功したり、課題を克服したりすると、そのご褒美に映画を撮る。それが終われば、また机に向かう。その繰り返し。それが俺の受験勉強なんだ。映画を撮らなきゃ勉強が次に進まない」

「どんなときでも楽しみは必要だ、の精神に則って実践してるわけか」

「当たり。俺の受験勉強には映画作りが必要なんだ」

「で、志望校には合格できそうか？」

「兄貴、未来のことはわからないよ」

そう、未来のことは誰にもわからない。弟が受験に見事合格することや、十九年という短い年数で生涯を終えることなど、その時点では誰にもわからなかった。

「小学校って、仁亜君が通ってた小学校ですか」と由香里が訊ねてきた。

「そう」俺は彼女の歩調に合わせて歩いている。「もちろん俺も通ってた。由香里ちゃんは？」

「わたしは徳島県の出身なんです。ここに来たのは、専門学校進学のためです」

「もしかして、仁亜と同じ？」

「いえ、わたしは福祉医療系の専門学校です」

「仁亜は芸術技術系の専門学校だもんな。俺の幼馴染みも通ってた学校だ」

「それに、わたしを振った男が通う学校でもあります。高校時代から付き合ってて、進学先が近くで喜んだんですけどね」

由香里は力なく眉を下げる。

「そうなのか、偶然だな」

「偶然はまだつづきます。わたしを振った男と仁亜君は同じデザイン科なんですよね。クラスは違うらしいですけど、合同講義のときなど、顔を合わせることもあるらしくて……。あっちは知らないけど、仁亜君は写真を見て知ってましたから」

「そりゃ望まねえ偶然だな。仁亜の奴、そいつに何もしてねえだろうな」

「講義のときに消しゴムのカスを頭に当てたら驚いてた、とか、突然大声で名前を呼んだら慌ててた、とか、愉快なメールをくれました」

「まるで子供だな」

「でも、嬉しかったですよ」

「まるで子供だな」


しばらく歩くと、四階建ての白い建物が見えてきた。小さな雑木林の向こうだ。エリックのアパートが近くだったが立ち寄ることはない。あれですよね、と由香里が指を差して声を上げたので、「正解」と頷いた。


何もかもが懐かしく映る。校庭に並ぶ遊具、ジャングルジムの横にある、少女のお化けが出ると噂のあったトイレ、校舎の窓から覗く教室の様子、校庭の隅にはまだトーテムポールが立っている。それらの光景は、あっという間に俺の心を小学生だったあの頃に戻す。残念だったのは、プールの場所が移動していたことだ。

「ここに何があるんですか」と由香里。

「さあ、それは教えてもらってない」俺は首を振る。「あの向こうに二宮金次郎の像があるんだ」体育館の隣を指差した。「その台座に何かを隠したらしい」

「じゃあ、小学校に入らなくちゃいけないってことですか」

「そういうことになる」

「怪しまれませんか」由香里が不安げに訊いてきた。「かといって、二宮金次郎像を調べたい、って正直に話しても不審がられる気がします」

「大丈夫だ」

「何かいい方法でも？　あっ、お世話になった先生が今も小学校で働いてる、とか」

「小学校の頃の恩師は、別の小学校の教頭になった」

昨夜、雄太からそういう話を聞いた。

「だったら……」

「誰にも見つからずにことを進めれば誰も怪しまないし、不審がられるような理由を話す必要もねえ」

「それって泥棒の考え方じゃないですか。誰にも見つからずに仕事を終わらせれば、捕まることはない。それに似てます」

似てるだろうか、と首を傾げたくなるが、そんなことよりも、「由香里ちゃんって面白いな」と俺は表情を崩した。「面倒を避けるだけだ。きっと上手くいく」

「お兄さんはそうやって、わたしを悪の道に誘うんですね」由香里は冗談を口にするように言って、溜め息をつく。「お兄さんって、本当は悪い人だったりして」

「仁亜のように紳士じゃねえな」

「じゃあ、淑女じゃないわたしはお兄さんに付き合うべきですね」

「あんたは立派な淑女だよ」

由香里に笑いかける。

「女を理解してませんね、お兄さん」

「何だ?」

「淑女なんて、この世にはいませんよ。幻想です」

参った。そう口にしそうになった。


学校の裏へ回ると、裏門から校内に侵入した。体育館の裏手に当たり、古ぼけた百葉箱が短い雑草に囲まれていた。体育館の中からは人の声も気配もしなかったので、授業は行われていないらしい。建物の壁に沿うようにして慎重な足取りで進み、二宮金次郎像のある場所に問題なくたどり着く。今はどうだか知らないが、木々に囲まれたその場所は、小さな森と呼ばれていて、木の実や落ち葉などの掃除が大変だった。

小さな森の中央に緩やかなS字の道が延びている。石畳の道は記憶の中のものとそれほど変わりなかったが、校歌の彫られた石のレリーフは覚えがなかった。生い茂る枝葉のせいであたりは薄暗い。

今も昔も変わらずに薪を担ぎ、読書をつづける二宮金次郎像に近づくと、俺は台座を調べる。台座は鼻の高さくらいまであり、その上に像が立っていた。「わたしの母校にはなかったな、二宮さん」と由香里が囁く声が聞こえる。

膝を折って眺め、時には蹴ってもみるのだが、怪しいものはない。金次郎の足元にも何もないようだった。

「お兄さん、これじゃないですか」と由香里が声を上げる。

彼女の手に、小さなビニール製の袋が握られている。「ここにあったんですよ」と台座の下部を指で示した。「この台座の石がぐらぐらっとして動いたから、引っ張ってみたんです。すると簡単に抜けて、中からこれが」

「何だ、そりゃ」

俺は顔を寄せる。

金属製の何か、だとは確認できたが、よくわからない。

「お兄さん、そんなことよりも早く出ませんか」

由香里が不安げに周囲を見回す。

「そうだな、話はあとだ」

由香里が見つけたビニール製のジッパー付きストックバッグの中には、鍵が入っていた。変哲もない金属の鍵だ。複雑な凹凸はなく、重要な場所の鍵というよりも、バイトで使用していた、ロッカーの鍵に似ていた。

「鍵ということは、どこかを開くんでしょうね」

由香里が当然の疑問を口にする。

「次は」俺は小学校の前を南北に走る、二車線道路を指差した。車の往来は少ない。「この道の先にある、建設会社だ。そこがゴールらしい」

「建設会社ですか」由香里が腕を組んだ。「そこに恨みを晴らすための何かがあるんですよね」と唸ったあと、「あっ、もしかして」と肩を跳ね上げた。

「何か思い当たったのか」

俺は歩きながら腰を捻って、彼女を見た。

「それってパワーショベルとか、ブルドーザーの鍵じゃないですか。建設会社ならありますよね、そういう重機。それで恨みを晴らすんですよ。ガガガガって、アパートの部屋を押し潰しちゃうんです。きっと驚きますよ」

「過激だな」俺は苦笑する。「けどよ、元彼の生活スペースを押し潰して、それで由香里ちゃんの心は晴れるのか?」

「すっきりするんじゃないでしょうか」由香里は悩むことなく即答する。「ざまあみろ、って思いますね」

彼女の反応がいきいきとして可愛らしく清爽に見え、恨みなどという暗い感情を腹に抱えているとは思えず、もうすでに心は晴れているのではないか、とさえ感じた。

「確かに、爽快な気分にはなりそうだ」

五分ほど歩くと、中規模程度の建設会社が見えてきた。事務所らしき建物には年季の入った看板が掲げられ、駐車場には大型トラックが二台停まっている。奥には倉庫が窺え、そのまた奥に二つの砂山が見えた。麓に小型パワーショベルが傾いた状態で停車している。

「あのパワーショベルでしょうか」

「違う」俺は首を横に振る。「あの砂山の向こうに、粗大ゴミを置いてるところがあるらしい。そこでこの鍵を使え、と仁亜は言ってる」

「ゴミ、ですか」由香里が考えるような顔をする。「何だろう」

「とにかく、行ってみればわかるらしい」

「そうですか」

俺たちは周囲を見回し、人影がないのを確認すると建設会社の敷地内に入った。「また不法侵入ですね」という由香里の声が背後から聞こえてきたので、泥棒の考え方を思い出せ、と助言した。

砂山は三メートルほどの高さがある。足をかけるがすぐに崩れて不安定で、手をかけるが心許なかった。落ちまいとして、必死にしがみ付く。落ちるのはいつだって嫌なのだ。

頂上から見下ろすと、木材が高く積み上げられていた。再利用しようという意図で置かれているのだろうが、雑然としていて、砂山の上から放り投げて積み上げたのではないか、と思える光景だった。長く太い柱のようなものもあれば、割れたベニヤ板もある。

「あそこから何かを探し出すのは大変そうですね」

由香里は早くも疲労したような声で言ったが、俺の目はすでに一点を見つめていた。鍵を差し込み試したわけでもないのに、間違いない、との確信がある。

「奥にロッカーが見えるか」俺は木材の積まれた、さらに向こう側を指差す。「二つのロッカーが並んで倒れてるだろ」

「はい」由香里はすぐに気づいた。「更衣室にあるような縦長のロッカーですね」

「たぶんこの鍵は、あれを開けるためのものだ」

積まれた木材と転がるドラム缶の間を縫うようにして、進む。少しでも触れれば崩れそうな予感があり、身体をできるだけ縮めて通り抜けた。

「何だか、危険な香りがしませんか」由香里がロッカーを眺めながら、言う。「ゴミの中に倒れたロッカーなんて、悪い印象しかありません」

同じような感想を、俺も口内に溜めていた。「拳銃でも入ってそうだ」

「こういうのって、ドラマや映画でよくあるじゃないですか。インターネットや薄暗い地下のショットバーで拳銃を買う意思を示して、指示された銀行口座にお金を振り込む。拳銃の受け渡しは、捨てられたロッカーの中なんです。ありそうですよ」由香里は言いながら確信を深めているようだった。「きな臭い感じです」

「じゃあ仁亜は、拳銃を使って恨みを晴らせ、と言ってるのか?」

「あ、そっか」由香里の興奮が薄れる。「仁亜君がそんな物騒なことを考えるわけないか」

「弟は紳士で、愉快な男だぞ」

「ですよね」

由香里がにっこりと笑い、その笑顔に促されるように俺は右側のロッカーに鍵を差し込んだ。しかし、何度手首を捻っても回らない。抜くと、左側のロッカーに鍵を差し入れる。抵抗なく手首が回り、小気味よい開錠音が響いた。由香里に視線を向けると頷く。俺は取っ手を掴み、ゆっくりと扉を引き開けた。

拳銃は入っていない。その代わりに、黒いケースが入っていた。その形状を見れば、ケースに何が入っているのかは一目瞭然だ。

おそらく中身は、アコースティックギターだろう。俺の目には黒いギターケースが映っている。慎重に取り出した。

「これって、ギターですよね」

由香里が覗き込みながら、言う。

「どう見てもそうだな」

ケースを開くと、期待を裏切らないそれが姿を現した。ライフル銃をカモフラージュするためのケースでもなかった。

「これで彼の頭を殴るんでしょうか」

ぷっ、と俺は噴き出す。「ギターってのは、誰かを殴るものじゃねえよ」

「でも、だって、恨みを晴らすもの、って言うからてっきり……」

俺は拗ねるように口元を曲げる由香里をよそに、カセットテープを再生させる。

「兄貴なら、その使い方を知ってるだろ」と聞こえた。停止する。

ああ、知っている。

「歌おうか」

由香里に声をかけた。

何を突然、という顔で彼女がこちらを見つめる。

「歌、ですか」

「あんたは歌うべきだ」

「えっ？」

「このギターは、仁亜からあんたへのプレゼントだ」

「でも、わたし、ギターなんて弾けません」

「そんなもの適当でいい。歌詞だって、いい加減なものでいいんだ」俺は仁亜の言葉を思い出していた。「ギターを掻き鳴らして、不満や恨みを歌にするんだ。いや、歌っていう枠にはまらなくてもいい。叫ぶだけでも構わない」

「すると、どうなります?」

彼女は戸惑いの目を向けてくる。

「不思議なことが起こるはずだ」俺は笑みをこぼす。「パワーショベルで部屋を押し潰すよりも、拳銃で彼を殺すよりも、すっきりするかもしれねえ」

「それで心が晴れますか。恨みも?」

「信じろ、仁亜がその効果を立証済みだ。あいつは見事に立ち直ったよ。大きな失恋から」

「これで」由香里が中古ギターを見つめる。「歌を」

「それでも駄目なら、ニュージーランドに行けばいい」

「ニュージーランド、ですか?」

由香里が瞬きを多くする。どこからニュージーランドが出てきたのだ、とその出所を探すようにこちらを眺めた。

「あそこは失恋に打ってつけの場所だ」

「行くと、どうなるのですか?」

「羊を数えても眠くならなくなる」

由香里は難しい顔をして、小さく唸った。

俺たちは帰り道の途中にある公園に立ち寄った。小さな公園だ。遊具はブランコと鉄棒のみ。桜の木が数本あり、隣の敷地には墓が並んでいる。何者の姿もなかった。

由香里はぎこちなくギターを抱えた。ネックを無造作に握り、恐る恐る親指で弦を弾く。音が出たことに驚き、笑みを浮かべた。

「言葉なんてなくていい。手を動かして声を嗄らせ」

由香里は気後れするように首を縮め、周囲を気にした。

「わぁー!」

俺は大口を開けて、声を吐き出す。空気が大きく揺れ、由香里が怯えるように身体を小さくした。十年足らずのボーカル経験は伊達じゃない。

「大丈夫だ」俺は言う。「俺も一緒に歌う」

由香里はギターの弦を撫でるようにした。「あー、あー」と声の調子を確かめるように発声する。

「そんなんじゃ駄目だ。もっと腹の底からでかい声で、弦を切るつもりで掻き鳴らせ」

由香里がむっとした表情を浮かべる。それから乱雑に手を動かし、弦を弾く。乱暴な音が周囲に広がった。

「歌え！」と俺は煽《あお》る。

「わー！」

「もっと！」

「わー！」

「もっと出るだろ！」

「わぁー、わぁー！」

由香里は顔を紅潮させ、首を伸ばすようにして声を発する。それは歌と呼べる代物ではなく、音楽でもなく、まるで天に盾突こうと怒りをぶつけているようにも見えた。

けれど、それでいいのだ。それこそが仁亜の狙い。

由香里は咳き込み、喉に違和感を覚えるまで必死に声を出し、それから疲れたように肩で息をした。指が痛い、と言う。

「どうだ？」

俺は効果のほどを訊ねる。

「どうでしょうか」由香里は乱れた前髪を直す。「頭がぼうっとして、今はわかりません。ただ……」

「ただ?」

由香里は押し寄せる何かに耐えられない、といった様子でつらそうに表情を歪め、ギターを抱き締めるようにして膝を折った。

「……仁亜君に会いたくなりました」

胸が苦しくなる。何も言葉をかけることができなかった。

また遊びに来てください、と由香里は別れ際、そう言った。「散歩のついでにでもいいですから」と。それから彼女はこんなことを言った。

「仁亜君、見てたでしょうか」由香里はその姿を探すように空を仰いだ。「わたしとお兄さんの歌う姿」

亡くなった者は上に向かう、と理解しているような行動で、俺も釣られて見上げてしまった。空には、ほかの集団からはぐれた小さな雲が浮かんでいるが、その形が仁亜の顔に似ている、という偶然は用意されていない。ギターの形でもなかった。しかし、そのゆったりとした様は弟に似ていなくもない。お前か? と心の中で訊いてみるが、もちろん返事はなかった。

「見てたんじゃねえか。きっとあいつはあんたを気にしてる」

「そうでしょうか……」

「今からどうするんだ?」

俺はそれとなく訊ねる。

「とりあえず」

由香里が言いながら、にこっと微笑んだ。何でもするし、何でもできそうな気がします、と答えそうな笑顔だったが、返事は前向きなものではなかった。

「部屋に帰ってもう一度、泣きます」

彼女はギターケースを優しく抱く。

「そうか」

仁亜、死んでいる場合じゃねえぞ。彼女が泣いてしまう。

俺は空を見上げたくなった。


由香里と別れたのち、俺はカセットテープを再生して歩いた。行き先を指示する声は聞こえず、適当に歩いている。歩道橋を渡っていた。

仁亜の声はつづく。

「彼女はギターを見てどんな反応をしたかな」だとか、「彼女は元気を取り戻したか」と由香里を気にする言葉ばかりが聞こえた。

わかりやすいぞ、と俺は注意したくなる。

テープの中の仁亜が、改まるように咳払いをする。「兄貴」と言った声は、少しだけ緊張を内包していた。何だ、と内心でつぶやく。

「恋をした」

「やっぱり、か」

歩道橋の階段を下りながら、俺はささめく。愛の告白の成功率を上げるための、兄への報告だ。

「どうだった兄貴、楽しめたか。中学のときだったかな、どんなときでも楽しみは必要だ、って言ったのを覚えてるか。いつもの報告だと、電話をしてそれで終わり、だろ。何だか味気ないと思ってさ、今回は凝ってみたんだ」

そういうことか。

歩道橋の階段を下りると、左に反転し、幅広の歩道を歩く。街路樹が等間隔に並び、コンビニの前では揃いのジャージを着た中学生がたむろしていた。顔を突き合わせて話す彼らは、次の試合に向けての作戦を練っているようにも見える。

「ちょうどキングを助けて欲しかったし、兄貴にも元気を出して欲しかった。うどん店を手伝うことも話さなきゃならなかった、しな。それに彼女に自分でギターを渡すと説明が必要だろ。情けない話は聞かせたくなかったから、兄貴に任せた。まさか、ニュージーランドに逃げた、なんて言ってないだろうな」

「安心しろ」と俺はテープの声に答える。

「せっかく『番外編』を作るなら、やって欲しいことや言いたいことを全部入れてしまおうって考えたんだ。いいアイデアだろ」

このカセットテープはそのために作られたのか。暇だな、という感想が浮かび、俺への励ましはついでなのか、という複雑さはあったが、湧き上がる可笑しさに顔をほころばせた。

コンビニの脇にある細い小道に入り、ひとつ向こうの通りに出る。こちらの道路はそれほど広くなく、車の往来も少なかった。

「ああ、それから、ひとつだけ謝っておくよ」仁亜の声はその言葉に似つかわしくなく、楽しそうだった。「おばちゃんから、俺が行方不明になったって聞いたんだろ。だから慌てて帰って来た。それで俺の部屋で番外編のテープを見つけたんだ。それ全部、俺の計画だから。おばちゃんはうまく芝居をしてた？　それともばれちゃって、それでも付き合ってくれたのかな」

なるほど、そういう口実で俺を実家に戻そうと画策していたのか。

横断歩道に差しかかり、歩行者用の信号が点滅をはじめたので、走って渡る。少し駆けただけなのに、息が切れた。

「おばちゃんは知ってるけどさ、怒らないでくれよ。今、俺は友達と温泉だ。学校を辞めるつもりだから、早めの卒業旅行ってところかな。だから安心していい。俺はちゃんといる」

二十歳近い弟が数日間家を出たくらいじゃ実家には帰らないぞ、と俺は苦笑する。そんなものは放っておけばいい、と取り合わず、もう子供じゃねえんだ、と言って電話を切るだろう。

俺はそんなに優しい兄じゃない。

住宅街に入り、後ろから来た車にクラクションを鳴らされ、左に避けた。すれ違う際に運転手の男に睨まれる。

「もうすぐ帰るからさ、もちろん土産も買って帰る。饅頭でいいだろ。温泉っていえば饅頭だもんな。兄貴って、甘いもの好きだったよな。チョコレートとか、生クリームとか」

何でも覚えているな、と俺は感心する。

自宅のあるマンションの階段を上る。玄関のドアを開けた。

「じゃあ兄貴、またな。怒って帰らないでくれよ。十年振りなんだからさ、絶対に待っててくれよ。あとは帰ったときにでも話そうぜ」

靴を脱ぎ、家に上がる。

「おかえりなさい、健ちゃん」と文子が奥の部屋から出てきた。

仁亜の声はもう聞こえない。カセットテープが擦《す》れるような、小さな音だけが響いていた。散歩は終わった。けれど、すぐに停止ボタンを押すことができない。「ただいま」と小さく応えた。

「明日、帰るんだっけ?」と訊かれたので、まあ、と返事をする。

「あのさ、おばちゃん。仁亜に俺を騙してくれって頼まれた?」

「騙す……」文子が怪訝な顔をする。「どうして健ちゃんを騙すの?」

どうやら仁亜の計画はまだ途中だったらしい。カセットテープに声を録音し、仲間と温泉の計画を立て、そこで弟は事故に遭った。そういうことらしかった。

ヘッドホンからは、仁亜の声は聞こえてこない。「終わりだと思っただろ。散歩はまだまだつづくぞ」という言葉をずっと待っているのだが、虚しくテープが回るだけだった。

停止ボタンを押した。かちっ、と音がして、テープの回転が止まる。

急に静かになった。質問をした文子はいっこうに返ってこない返事に首を傾げた。

俺は押しつぶされるような静寂に動けなくなっていた。

その沈黙は深い穴に突き落とされたような恐怖感を伴い、闇夜に深山に放り出されたような心細さもあって、何かが遠退いて行ったような、妙な脱力感もあった。周りの空気が少しだけ凝固し、負荷をかけてくるようで、身体が重く感じる。

そうか、と思った。

弟に頼られることは、もうないのだ。

そうか、と思った。

どんなに頑張っても、弟からの金メダルを手にすることは、もうできないのだ。

そうか、と思った。

弟からの恋の報告を聞くことは、もうないのだ。

そうか、と思った。

何日待っても、土産の饅頭を手に弟が帰って来ることはないのだ。

そうか、と思った。

弟は死んだのだ。

痛くなった。どこが、とは特定できないが、とにかく痛い。

感情の揺らぎが想像以上に激しく、息苦しくなり、立っていられなくなる。奥歯を噛み締めるようにして、背中を丸めた。堪えきれなかった声が洩れ、鼻水がさらに呼吸を苦しくさせる。

棺桶の中で横たわる、色をなくした仁亜の顔が頭の中で大写しになった。

涙が溢れてきた。

menu 2

夏祭りとマスクマン

弟との散歩を終えた俺は翌日の午後三時、ある決意を胸に父親が営むうどん店に向かった。店はすでに閉店しており、暖簾もなく、そのことを伝える看板が路上に立てられていた。扉をスライドさせ、足を踏み入れる。

それほど広くない店内には横長のテーブル席が四つ並び、奥に小上がりが二つ設置されている。丁寧にテーブルを拭く文子がこちらに気づいた。

「あら、健ちゃん。もう東京に帰るの？」

「まあ、帰るには帰るんだけど」俺は着替えの入ったボストンバッグを肩に掛け直す。「ちょっと、話があって……」

「お父さんに？」

「……ああ」

「作治さん」文子は身体を捻じり、厨房に向かって声をかけた。「健ちゃんが来たわよ」

店内から厨房全体を見ることはできない。しかし、短いカウンターに下がる暖簾を避けるように中腰になると覗くことができた。調理台の片づけをする親父の弟子、京香の向こう、シンクと釜場のある場所から白衣姿の父親が姿を現す。不機嫌さを隠しもせず、無言で睨みつけるような顔つきだ。

その挑戦的な態度にむっとする。対抗心を表情に露出し、こちらも目を鋭くさせた。

沈黙の時間が流れ、文子が間に割って入る。

「ほら、健ちゃん。お父さんに何か話があるんでしょう」

そうだった。

「親父」俺は畏《かしこ》まった声を発した。「来週、また帰ってくる」

「……帰ってくる、だと？」

「この店を手伝ってやる」

「何だと」親父が前掛けで手を拭いながら厨房から出てきた。「手伝ってやる、だと。どの口が偉そうなことを言いやがるんだ。この店は俺の店だ。お前がいる場所なんてねえ」

「十年前は、手伝え、って命令しただろうが」

「それを断って出て行ったのはお前だ。何て言って出て行ったか覚えてるか。ロックスターになる、だ。その馬鹿げた夢はどうした？　諦めたのか。現実を見たか。だから言っただろ、お前には無理だ、ってな。何がスターだ」

そう言われることは予測していた。けれど、それに対して反論を返すことなどできない。どれだけ熟考を重ねても、相手を納得させられるだけの説明は思いつかなかった。親父が口にしたことは、まったくその通りなのだ。自分には才能も努力も足りなかった。

「……あのときは、わからなかった」

俺は肩を落とし、元気なく言う。

「夢破れて、今度は店を手伝うだと」親父が嘆息を落とす。「よくできた笑い話だ。お前、勝手すぎるとは思わんか。うどん作りなんてしけたことやってられるか。お前が十年前に言った言葉だ。思い出して噛み締めろ。どの面《つら》下げて、手伝ってやる、と言いやがる」

文子もさすがに言葉をかけることができないようだった。京香も手を止め、こちらの様子を窺っているが、居心地悪そうに肩を縮めていた。

「覚えてるよ」俺は不貞腐《ふてくさ》れて言う。「正直、今もその気持ちに変わりはねえ」

「聞いたか、文子さん。こいつはうどん作りを馬鹿にしてる。それなのにこの店を手伝うと言う。俺の息子はどうかしたのか。そんな気持ちで一緒に働けるわけがないだろ」

「どういうことなの?」と文子。

「仁亜……」

「仁亜は関係ないだろ」

親父がすかさず指摘する。

「いや、あるんだ」俺は訴えるように答えた。「少しだけ、あいつと一緒にいたい」

「……馬鹿かお前は。仁亜は、死んだ」

「けど、あいつはここにいる。親父は知らないだろうが、仁亜は専門学校を辞めて、この店を手伝うつもりだった」

「嘘を言うな」

「本当だ。俺に宛てたカセットテープに吹き込まれてる」

「……初耳だぞ」

親父が文子に視線をやる。けれど、彼女も知らなかったようで首を横に振った。

「伝える前に死んじまったからな」

「仁亜のやつ、何で急に店を……」親父は悲しみを堪えるような表情を浮かべ、足元を見た。

「あいつもお前と同じで、今までこの店を手伝ったことなど一度もなかったんだぞ」

「さあ、何でだろうな」

理由の一端となるだろうことは知っていたが、俺はそれを伝えることはしなかった。親父の背中に心を奪われた。俺はまだその理由を疑っていたし、仁亜がうどん店を手伝おうと決めたきっかけを知りたいとも思っていた。

「……東京の部屋を引き払って戻ってくるということか」と親父が慎重に訊ねた。

「そのつもりだ」俺は頷く。「ってことは、店を手伝うことを許してくれるのか」

「仁亜の名前を出されちゃ、何も言えねえだろ。お前も一応、あいつの兄貴だ。ただ……」

背中を向けて厨房に戻ろうとした親父が振り返り、こちらを見た。

「邪魔だけはするな」

「ああ、わかった」

蝉の声がうるさいくらいに鳴り渡る。今年の夏も毎年の恒例行事のように水不足の報道が伝えられた。テレビ画面に映る水位の下がったダムの様子を観るたびに、気温が上昇した気がする。

うどん店を手伝いはじめてすでに二ヵ月以上が経過していた。

佐草うどん店は香川県内に多くあるセルフ形式の店舗ではなく、客が席に着いて注文を待つ一般店に分類される。セルフ店に比べて客を待たせ値段も割高になるが、利点もある。セルフ店だと麺は茹で置きされ、茹でたてが食べられることはほとんどない。しかし、一般店ならば注文を受けて茹でることができる。やはりうどんは茹でたてが一番、美味い。

この店は俺が幼い頃から繁盛店として知られ、平日でも昼が近づくと店の外に行列ができた。そうなってしまうと長いときには一時間ほど待たなければならない。連休になるとそこに観光客が加わり、二時間近く待つことはざらにあった。

開店前の午前三時過ぎから店に出て仕込みを手伝い、あとは厨房に入って皿洗いと接客の毎日。茹で上がった麺を冷水で締めながら、一玉分ずつに分ける玉取りも俺の仕事だった。熟練すると手の感覚だけで取り分けられるが、半人前以下の俺はまだお椀を使っての作業になる。それでもスピードと正確さに欠けた。

慣れない生活に単調な作業、加えて夏の狭い厨房は灼熱のごとく暑く、汗をいくら拭いても次から次へと溢れ出た。釜前で作業する親父はよくも平然と立っていられるものだと呆れた。

京香は生地場で麺棒を使い、手際よくうどんを延ばしていく。手慣れた動作は実際に見ずとも音を聞いただけで、その巧みさが伝わってくる。彼女は物静かで真面目。そして、親父の言葉に忠実だった。意見や拒否はもちろん、「少し待ってください」という言葉も聞いたことがない。

文子の仕事は接客に加えて、惣菜や天ぷらなどの副食物の調理も担当している。特に鶏の天ぷらが絶品で、ほとんどの客が注文した。おばちゃんの副食物もこの店の目玉と言っていい。

食欲の減退する夏はコシの強い麺に特製の醤油と大根おろしをかけて食べる『醤油うどん』や、麺に冷えたつゆをかけて食べる『冷ぶっかけうどん』が人気だ。

午後二時が近づいた。

「おい、健太郎」親父の声が飛ぶ。「休憩だ。行け」

「やっとかよ」疲労に包まれた愚痴が落ちる。「あと一時間で閉店じゃねえか」

「何だ？　何か言ったか」

「何にも言ってねえよ、社長」

俺は皮肉をぶつけ、裏口から外に出た。店の表へと回る。さすがにこの時間になれば行列はない。世間は夏休み直前で、何だか浮足立っているように感じる。子供の声もどこか高揚しているようだった。通りを挟んだ正面にある文具店の店主がこちらに気づき、頭を下げた。俺も同じ動作でそれに応えた。

直後、知った顔が近づいてくるのが目に映った。歩幅が小さく、肩を狭めて歩く姿は高校時代の彼を思い起こさせる。自信なさげで、遠慮気味。縒《よ》れたスーツの皺が遠目でもわかった。

「おーい、お巡りさん」

俺は手を掲げるようにして、声を張る。

阿野雄太がこちらに気づき、小走りになる。疲れた表情に淡く笑みが広がった。

「健ちゃん、仕事は終わり？」

雄太の声はいつも人懐っこい。

「今から昼飯だよ。お前は？　事件か？」

雄太が首を横に振る。「僕も今から昼食」

「警察も人使いが荒いな。で、うちか？」俺は親指を立て、後方を示した。雄太が頷くのを見たのち、「好きだな、お前も。昼はほとんどうちのうどんじゃねえか」

「健ちゃんの親父さんの作るうどんは毎日食べても飽きない」

「嘘つけよ」俺は雄太の脇腹を突いた。「目的はうどんじゃなく、京香ちゃんだろ」

雄太は言葉に詰まり、耳を赤くした。慌てるように鼻先を触る。

「それでよく刑事をやってられるな」

「違うよ、違う。京香ちゃんは関係ない」

「へいへい、そういうことにしといてやるよ」俺は雄太の肩を掴む。「それよりも紗彩のやつ、彼氏がいるって本当かよ。一昨日、仏壇屋の三代目に聞いたんだ」

雄太がとっさに俺の口を塞ぐ。俺は腕を回すようにしてその手を払った。

「何すんだよ」

「その話題は駄目だ。仏壇屋の三代目は知らないみたいだけど」雄太の声が小さくなる。「恋人とは三ヵ月くらい前に別れた。どうやら振られたみたいでさ、紗彩、ずっと荒れてたんだ。僕なんて五日連続で自棄酒に付き合わされた。最近、ようやく落ち着いてきたところなんだ。紗彩に迂闊なこと言っちゃ駄目だよ」

「何だ、そうなのか」

「んん?」

「何だ?」

「健ちゃんさ、何だか嬉しそうだね」

俺は雄太の肩に腕を回し、上半身を前方に倒して締めつける。変な焦りがあった。

「嬉しくなんてねえよ。からかってやろうか、って考えたから笑ったんだろ」

「からかうなんて絶対に駄目。ああ見えても、紗彩は女の子なんだ。傷ついてるんだからさ」

雄太への締めつけを緩める。「わかってるよ」

それから俺は店の扉を開け、顔だけを中に入れて、「京香ちゃん」と声をかけた。「雄太からの指名が入りました。はりきってどうぞ！」

「ちょ、ちょっと健ちゃんやめてよ」

俺は困り顔の雄太の背中を押し、店内に無理やり入れた。


午後六時、仕事の疲れを取るために自室で仮眠していた俺を起こす声があった。身体を揺すられ、夢の世界から現実へと足を踏み入れたところで、それが女性のものだとわかる。文子だ。俺は目を擦りながら上半身を立てた。

「どうかした？」

「今日は商店街の青年団の集まりでしょう。遅れるわよ」文子が心配する。「というか、もう一時間ほど遅れてるんだけど」

「あれ、そうだっけ」

俺は頭頂部を掻きながら思い出そうとするが、今日が何日なのかすぐに思い当たらない。

「早く行ったほうがいいわよ、青年団の代表をやってる生花店の長男は時間にうるさいから」

「あいつは学校の後輩だから心配ないよ、おばちゃん」

トランクス一枚で寝ていた俺はTシャツとスウェットのパンツを穿き、外に出た。

商店街の集まりは決まって和菓子店の二階で行われる。理由は簡単、和菓子店の店主は心が広く、快く場所を提供してくれるということ。そして、何よりも部屋が広い。商店街中の店主が集まることのできる大きな和室を有していた。今日は青年団の集会で、集まっても十人前後、充分な広さだった。

和菓子店の一階で店主に挨拶をし、奥にある階段を使って二階に上がった。茶の香りと甘い餡《あん》の匂いが混ざって伝わり、甘味を欲した俺は帰りに饅頭を購入しようと決めた。短い廊下に足を伸ばす前に、靴を脱ぐ。襖を開けて和室に入った。

多くの目がこちらに集まる。すべての顔に見覚えがあった。年齢はそれぞれ違ったが、幼い頃からの付き合いだ。靴屋の長男とは殴り合いの喧嘩をしたことがあるし、精肉店の次男とは地区のサッカーチームが同じだった。

「毎度、どうも」と手を上げて挨拶をする。

「遅い！」

軍隊の上官のような声が飛んだ。短髪で面長、がっちりとした体型で、床の間の隣にあるホワイトボードの隣に直立している。

「おいおい、木南雅彦《きなみまさひこ》」俺はゆっくりと近づく。「先輩に向かってその言葉遣いは何だ。いつ俺を追い抜いて偉くなった？」

「佐草先輩」雅彦が溜め息をついた。「今のは青年団団長としての言葉です。学校の後輩としては申し訳ありません」

「相変わらず硬いな」俺は笑う。「毎日、窮屈だろ」

「いい加減に過ごすほうがストレスになりますよ、先輩」

「おーおー、そりゃ悪かったな。完全なる意見の相違だ」

「ちょっと、早く座りなさいよ」

紗彩に手を引っ張られ、彼女の隣に腰を下ろした。大きなテーブルを挟んで、鮮魚店の店主がいる。二つ上の先輩だ。子供の頃からそりが合わず、幾度も喧嘩をした仲だが、今は角が取れて丸くなったようで、遅刻をしたにもかかわらず横柄な態度の俺に苛立つことはないようだった。調子が狂う。

集会の議題は、三週間後に迫った夏祭りのこと。商店街も賑やかに何かをやろう、あわよくば人を集めてついでに稼いでやろう、という企画会議だ。同じ議題の会議は四ヵ月前から何度も繰り返されているようで、商店街のイベントはすでに決定していたが、今日はその確認と進行の手順を話し合う予定になっていた。

「で」俺はホワイトボードに書かれた文字を指差す。「やっぱ『青空プロレス』と『ギネス記録に挑戦』をやるんだな」

「はい」雅彦が首肯した。「前にも説明したように、青空プロレスは四十四年前から、商店街の夏祭りのイベントとして毎年つづけられていたものでした。けれど、十九年前を最後に、イベントはなくなってしまった。バブル崩壊に伴う資金不足、機材の老朽化など、要因は多々ありますが、今年、近くの大学のプロレス同好会と協力し、再開することになりました。出場者もだいたい、決定したところです」

「お、誰だよ。俺は嫌だぞ、裸体に自信がねえ」

「先輩は入ってません」雅彦は一蹴した。「出場者は後ほど、改めて紙面で伝えます」

「何だよ、もったいぶりやがって。遅刻した罰ってわけか」

俺は大きな舌打ちを響かせる。

「そして、ギネス記録に挑戦ですが、以前話し合ったように大声コンテストということで決定しました。一人ずつ舞台に上がって声を張り上げるという方式ではなく、何十人か集まっていっせいに声を出すという方式です。皆さん忙しいでしょうから、そのほうが時間が短縮できます」

そこで雅彦がこちらに目線を移した。

「先輩は運営と進行の仕事をやってもらいますので、よろしくお願いします。細かいことは、あとでプロレス班とギネス記録班に分かれて決めてください」

「え、俺もやるのかよ」

「当然だろ、健太郎」鮮魚店の店主が口を挟んだ。「お前も商店街の一員だ」

「働きなさい、ロックスター」と紗彩がにやにやと微笑む。

今の俺は、東京から逃げ帰った男、と商店街中の人間に認識されていた。うどん店を手伝いはじめたのだから無理もないが、主たる原因は親父にある。あのでかい声で、あることないこと息子の失敗を笑って話すのだから、広がるのも早い。荷物を持って帰って一週間は他人の目が痛かった。

その後、面倒な仕事を一方的に割り振られ、青年団の会議は終了した。

「よお、お嬢さん」和菓子店を出たところで、紗彩に声をかけた。「元彼って誰なんだよ。俺の知ってる奴か」

雄太に止められたくらいじゃ、俺の口は塞げない。

紗彩が顔を紅潮させて振り返った。目を吊り上げ、こちらとの距離をぐんぐん縮める。

「よく聞こえなかったんだけど、もう一度、言ってもらえるかな」

紗彩が意識的に俺の足を踏む。痛みよりもその迫力に尻込みしそうになった。

「な、何も言ってません」

「デリカシーに欠ける、軽薄、粗暴」と紗彩がつぶやいた。

俺は素直に頷く。「今後、気をつけます」

紗彩が離れたところで、額の汗を拭った。

「酒なら付き合うぞ」

「雄太に付き合ってもらった」紗彩が背中を向けた。「それに、わたしはそんなに弱くないから」

基本的に女は強いが、弱くない、と口にした女が強かったためしがない。

俺は頭頂部を掻き、彼女の後ろ姿を見送った。


帰り道、何気なく通ったうどん店から明かりが漏れていることに気づいた。喉の渇きを感じ、俺は裏口に回ってドアを引き開けた。

「まだ仕事?」

俺は厨房でうどんをこねる京香に声をかけた。

「仕事というか」京香が手を止め、振り返る。「研究と実験、それに練習ですね」

「京香ちゃんのうどんはすでに親父を越えてる」

冷蔵庫を開け、麦茶を取り出した。

「馬鹿なことを言わないでください」

謙遜や照れではなく、京香は本気で怒っているようだった。大切なものを貶《けな》された際のような反応だ。

気まずさを内包しながら麦茶をコップに注ぎ、飲み干した。

「で、どんなことやってるんだ?」

「うどんの材料は、小麦と塩と水。シンプルなんです。だからこそ水や塩の分量、生地のこね方、寝かせる時間などの工程、ほかにも湿度や温度などによって違いが出てきます。別品種の小麦の配合によって味はもちろん、香りにも差異が表れます」

「なるほどねー。うちの小麦にもこだわりが？」

「ありますよ」京香の声が高くなる。「毎日、三種類の小麦を自家製粉して、師匠自身が配合しています」

「二階にある、小型製粉機でやってるよな」

「はい。使える状態の粉にするまでには何度も挽かなければならず大変なんです。でも、自家製小麦は香りが強く、甘味も際立つんですよね。それに、小麦を製粉するときはパン屋さんのようないい香りがするんです。挽き立ての小麦は店の大きな武器ですから」

京香がうっとりするような表情を浮かべた。そこには恋心に似た感情があるのではないか、と思える顔つきだった。

「さっき実験って言ってたけど、まさにその通りだな」俺は厨房に並べられた、小分けにされた白い粉を眺める。「もしかして、その一つ一つが別品種の小麦なのか」

「はい。いつかは師匠を越えたい、と思ってますから、そのための実験と研究です。小麦の配合はその第一歩といったところですね」

「たとえば、これは？」

俺は近くにあった小さな袋を持ち上げた。

「それは瀬戸内沿岸で穫れるシラサギコムギですね。その隣にあるのが、東北地方のキタカミコムギ、そのまた隣が北海道産のチクホコムギです。多くのお店で使用している農林61号もあります。ほかにも、これがふくあかりで、これがあおばの恋」京香は指を差して教えてくれる。「そして忘れてはいけないのが、さぬきの夢2009。香川県産の小麦です。これはさぬきの夢2000の後継品種で、2000に比べて収穫量が約一割多く、製麺時の扱いやすさや食感に優れています」

ほとんど頭に入ってこない。

「全部、自分で取り寄せたのか」

「はい。全国から小麦ばっかり集めやがって、と師匠には煙たそうな顔をされています」

「小麦って、そんなに違うものなのか」

「そうですね」京香が両手で一つの袋を取った。「このネバリゴシという品種は、粘弾性に富み、滑らか。それから、こっちのきぬあずまは低アミロースであるために、触感のよいうどんになります。これらの小麦を配合し、塩加減や温度を工夫して打つわけです」

「うどんって難しいんだな。小麦粉と水を適当にこねてるんだとばかり思ってた」

「違いますよ。師匠なんて毎朝、気温と湿度を気にして、水温まで調節して、様々な工程を微妙に変えています。繊細な作業なんです」

「あの親父がねー」俺は語尾をだらしなく伸ばした。「あれ、洗い場近くにあるそのうどん、うちの物じゃねえな。全体的に黒みがかってる」

「これは大正時代に作られていたうどんを再現したものです。昔のうどんは小麦を石臼で挽いていたために、こういう色になるんです。食べてもらえればわかりますが、小麦の風味が強く、柔らかい弾力性があります」

京香の足元にはどこで手に入れたのか、石臼が置かれていた。

「その隣に置いてある麺は、昭和四十年代後半に作られていたものです。当時主流だった豪州産のＡＳＷという小麦を使用しました。麺は大正時代よりも白く、小麦が粗挽きなので今よりもクリーム色ですね。でも、風味を損なうことなく、コシが強くて噛みごたえもあります」

「勉強熱心だな」

「師匠にも同じことを言われますが、それは健太郎さんのような褒め言葉ではないようでした。文献や資料、数字ばかりを見ていても技術は向上しない、と言葉がつづきましたから」

「気にするな、昔気質ってやつは面倒なんだ。俺は京香ちゃんのやり方が間違ってるとは思えねえよ」

「……というよりも、わたしには師匠の真似はできません。師匠は天才ですから。わたしはわたしのやり方でしか上達しないと思うんです」

「その話は親父の前でするな。鼻を高くして胸を張る。調子に乗る姿が思い浮かぶ」

「調子に乗っても許される腕ですよ」

「そんなに親父のうどんが好きか」俺は鼻から息を抜いた。「京香ちゃんは何でこの店に修業に入ったんだ？」

「……うどんが美味しかったから」

「美味いうどん店なんて、この町だけでも腐るほどある」

「……幸せの味、だからでしょうか」

京香が薄い唇を横に広げ、微笑む。

不覚にもどきっとしてしまった俺は、それ以上追及することができなかった。「そうか、幸せか」とわかったような口を利く。

「じゃあ、帰るわ」と出口に近づいた俺はあることを思い出し、振り返った。「京香ちゃんさ、いつもうどんの麺と小麦粉を持ち歩いてるって本当か？」

「えっ」京香が目をぱちぱちとさせる。「誰に聞いたんですか」

「みんな」おれは大まかに答える。「このあたりの人間はみんな知ってるらしい。俺はさっき青年団の集まりで聞いたんだけどな」

「いつも、というのは正確ではありません。でも、休日は持ち歩いているかもしれませんね。勉強のためにうどんの食べ歩きをしているので、こそっとその店の麺を持ち帰るんです」

「小麦粉は？」

「……意味はありません」

「意味がない?」

「いえ、ないことはないかな。香りが好き、ということもありますが、もっと勉強をしろ、という自分に対しての戒めであり、持ち歩いていればいつでも勉強ができる、という安心感でしょうか。受験生が単語帳を携帯するような感覚でもあるし、お守りのような意味合いもあります」

「変わってるな」

扉を開け、外に出た。涼しく感じたのは日が暮れたからだけではないだろう。


三日が経過した。

今日も午前三時過ぎから厨房の隅で、うどんの生地を踏んで鍛える。俺が唯一うどん作りに関わることのできる工程だ。分厚い靴下を履き、ビニールシートの下にある生地を踏む。眠気をまといながら、両足を交互に持ち上げ、下ろした。

「健太郎」出汁の仕込みをする親父の声が頭を小突く。「まんべんなく体重をかけろ。素早く、細かく、十センチずつ移動だ」

「へいへい、わかってるよ」

地味な作業であるが、脹脛《ふくらはぎ》と腰に負担がかかる。足踏みは一度ではなく、生地を熟成させるための寝かせなどを何度も挟み、繰り返される。最初に小麦粉を練った際の塩加減と加水量によって寝かせの時間が変わるそうだが、俺は親父の指示に従うだけだ。踏め、と言われれば踏むし、三十分間寝かせろ、と言われれば、ビニールシートで生地を包み、常温で放置する。

そして、粉の状態だったものから二時間後、足踏みの最終段階に入るのだ。

「中から外に、最初は体重をかけずに踏むんだ」親父の指示。毎朝、同じことを言われつづけていた。「広がってきたら、垂直に体重をかける。一歩ずつ身体全体で回りながら踏み広げろ」

踏み過ぎても食感は悪くなる、という言葉を聞きながら、俺は足踏みに集中した。

その後の生地延ばしと切りは親父と京香の仕事だ。

わかったことがある。足で踏んだときに柔らかく沈むが、ちゃんと反発があるのがいいうどんだ。硬いだけで反発がないと、失敗。やれやれ、俺は足の裏でもうどんを味わえる。

京香も俺の隣で生地を踏んでいる。文子は天ぷらの下準備をしていた。

「健太郎」親父の声が店内に響く。「だらだらと踏むな。まだ起きてねえのか」

「うるせえな、ちゃんとやってるだろ」足を止めることなく応えた。「それよりも疑問なんだけど、何で生地を足で踏まなきゃならねえんだ」

「グルテンを形成させるためです」答えたのは京香だった。「これ、寝かせ、足踏みはどれもグルテン形成のためなんです。粉への水の浸透を促進し、グルテンに網状組織を作らせ、生地を強く、弾力性のあるものにします。グルテンが形成されると、強い粘弾性を持つので、手では充分にこねられないんですね」

「おー、うどんマニア」俺は半分呆れている。「で、グルテンって何?」

「穀物の胚乳から生成されるタンパク質の一種です。弾性の強いグルテニンと伸展性のあるグリアジンのほぼ等量の混合物」

「京香」親父の声が割って入った。「馬鹿にそんなこと言っても馬の耳に念仏だ。いいか、健太郎。お前が足を動かすのは、うどんのコシを出すためだ。それ以上でも以下でもねえ。うだうだ喋ってねえで、さっさとやれ」

足の下に親父が寝そべっている。そう想定すると力が入った。

午前十一時、今日は早めの休憩が回ってきた。店の中央にはうどんを啜る雄太の姿があり、今日は木曜日だが、今週は毎日来店している。三十歳目前の男子の行動とは思えず、初恋に苦悩する中学生のようでもあり、俺は毎日からかっていた。

「京香ちゃん、雄太がおかわりだって」と勝手に注文をし、店を出た。

さて、今日のランチは何にしようか。揚げ物、ラーメン、カレーなど商店街には様々な香りが立ち込めている。

五メートルほど前方にパン屋があり、心が揺れたところで足が速くなった。けれど、その足も途中で止まる。気になる人物を見つけたのだ。コンビニと金物店の隙間、極細の路地に一人の少年が蹲《うずくま》るように座っていた。

「おい」俺は声をかける。「学校は?」

少年は頭に黄色いキャップを被り、ランドセルを背負っていた。細身で、前歯が若干飛び出ている。そのためか全体的にシャープな印象があった。

慌てたように少年が立ち上がる。逃げようとしたが、奥のポリバケツに邪魔され、断念した。

「サボりか？」俺はしゃがんで少年の目の高さに合わせた。「何年だ？」

「おじさん、誰？」

「おじさんかー」空を見上げる。「まあ、お前から見りゃそういう年齢か。けどな、俺のことは健太郎さんと呼べ。この先のうどん店で働いてる」

「ああ」少年は何かに思い当たったようで頷いた。「ロックスター」

俺は少年のキャップのつばを軽く叩く。「誰に聞いた？」

「父ちゃん」少年はキャップを直した。「この先の薬局」

「高岡薬局か？」

少年が頷く。「高岡宗助《たかおかそうすけ》、小学四年生」

「で、宗助、何やってる？」

「別に、何も……」

「お前の父ちゃんは学校に行ってねえこと知ってるのか？」

「……うん」

「そうか」俺はすっくと立ち上がる。「じゃあ、確認してくる」

「待ってよ」

宗助が素早く手を取って引っ張った。

「やっぱサボりか。俺にも覚えはある。大丈夫だ、秘密にしといてやる」再び膝を折った。「けどな、理由を教えろ。こんな寂しい場所で独り、隠れるように座ってるっていうのは気になるな」

「……どうしても言わなくちゃ駄目？」

「言わねえなら、高岡さんに報告だ」

宗助は足元に視線を落としながら少しだけ悩み、顔を上げた。

「夏祭りのプロレス」

「ああ、あれな。青空プロレスが十九年振りに復活するんだ」

「うちの父ちゃんが出るんだ」

俺ははっとし、二日前に青年団団長から受け取り、そのままにしていた用紙を前掛けのポケットから取り出した。

「ほんとだ」

用紙に目を通し、高岡さんの名前があるのを確認する。そこに記載されているのは、商店街の中でプロレスラーとして出場する者と裏方として参加する者の名前だった。

「しかも、お前の父ちゃん寿仮面じゃねえか。すげーな」

寿仮面とは、青空プロレスがはじまった四十四年前から存在する商店街を代表するレスラーで、覆面を被り、反則を厭わない悪役レスラーに対して正々堂々と立ち向かう正義のレスラーという位置づけだった。

「すごくなんてないよ」

宗助の声が大きくなる。

「何でだよ、見てみろ」俺は用紙を差し出した。「紳士服店入山のおっちゃんなんて悪役だぞ。仮面も被らねえし、極悪ヒールだ」

「知ってる」宗助の表情が曇る。「入山翼《いりやまつばさ》って息子が同級生だから」

「だったら、もっと喜べよ」

「どうせ負けるもん」宗助の目が潤んだ。「僕の父ちゃんはガリガリに痩せてて、どれだけ食べても太らなくて、あばら骨だって浮き出てるし、僕を肩車するのもやっとなんだよ。プロレスなんて絶対に無理。入山の父ちゃんなんてムキムキだよ。持ち上げられて、投げ飛ばされたら死んじゃうよ」

「さすがに死ぬまではやらねえと思うが……」

薬局の店主を思い出した。肩幅が狭く、痩身な体躯は確かに頼りなかった。

「学校で馬鹿にされるんだ」宗助が告白する。「僕の父ちゃんは勝てない、って。翼君なんて、俺の父ちゃんが病院送りにしてやる、ってクラスのみんなとゲラゲラ笑ってさ」

「だから学校に行きたくなかったのか」

宗助が頭を縦に揺らした。

「僕が学校で馬鹿にされてるように、父ちゃんも商店街で馬鹿にされてるんだ。だから弱いはずの父ちゃんが寿仮面をやらされるんだよ。きっとやられる姿を見て、翼君たちのように笑うんだ」

「そんな愚かなことはしねえと思うぞ」

「じゃあ、どうやって出場が決まったの？」

「さあ、よく知らねえな」

「健太郎さんはプロレスに出ないの？」

「出ねえよ、面倒くさい」

「ほら、やっぱりそうだ。プロレスなんてみんな面倒で、きっと父ちゃんは押しつけられたんだ。父ちゃんは馬鹿にされて、断りきれなくて、だから……」

「高岡さんを軽んじるような声は聞いたことがねえが、な」

「もういいよ」宗助は捨て鉢になる。「健太郎さんに言ってもわからない」

「いいなら、いいが」俺は頭を掻く。「学校には行け」

「健太郎さんもサボってたんでしょ」

「だからこそ言ってる。学校には行け」

「……うん」宗助は頷き、ゆっくりと路地を出た。「どうせ今日サボったことはばれてる。明日は無理やりにでも連れて行かれるよ」

その後、カレーを掻き込んだのち、紗彩の店に寄った。昔、宝飾店だった場所がテーラーに変わっている。箱型の外観は幼い頃の記憶とまったく変わらず、看板だけが挿《す》げ替わっているだけだ。ガラスドアを押し開け、中に入った。

入ってすぐの場所に生地の重ねられた棚が見える。中央に大きな裁断テーブルと工業用のミシンがあった。奥にはロックミシンと業務用のアイロン。店主の紗彩は白いソファに座ってパンに齧りついていた。

「表の札が見えなかったの?」口元を拭いながら、紗彩が苛立つ。「留守中って書いてあったでしょう」

「鍵をかけねえのが悪いんだ。それにいるじゃねえか」

「うちの店に立ち寄るなんて珍しいじゃない。ジャケットでも作る気になった?」

「誰がお前に頼むかよ。一着、十万円以上するんだろ」

「それだけの価値がある。それに十万なんて安いほうよ」紗彩がにこりと微笑む。「ビジネスの話じゃないんなら、何?」

「寿仮面のマスクって、お前が作ってるんだよな」

「そうよ、昔のマスクは傷んで使い物にならないからね。昔のマスクを見ながら新しく作り直してるところよ。もしかして作業の進み具合を確認しに来たわけ？　祭りには間に合わせるから安心して」

「いや、そうじゃねえんだけど」俺は額を掻いた。「寿仮面って、高岡さんなんだよな。どうしてそうなったんだ？」

「どうして、って」紗彩は難しい顔をする。「商店街のみんなで決めたから」

「俺の意見は？」

「新参者が偉そうに」と紗彩が笑った。「意見っていうなら、わたしは紳士服店のおじさんがいいって推薦したけど。身体を鍛えるのが趣味みたいで、筋肉の塊のような体つきだもんね」

「翼の父親か……」

「まあ、でも、決まったんだから仕方ないんじゃない。薬局のおじさんも拒否してないようだし」

「……断りきれなかった」

「何？」

「いいや、何でもない。それよりも悪かったな、忙しいところを」

「嫌味？　健太郎のところはいつも繁盛してていいわね」

「俺はもっと余裕を持って優雅に働きてえよ」

背中を向け、ガラスドアに手を伸ばした。

「それのどこが楽しいのよ」

俺は一瞬、動きを止める。

「……それもそうだな」

「あ、そうだ。祭りの当日、テレビが来るんだって。ギネス記録とプロレスを取材するってさ。健太郎も映るかもしれないよ。ちょっとは小綺麗にしたら？」

「地元のテレビ局だろ」俺は振り返らない。「興味ねえよ」


計画には誤算がつきものというが、祭りの前日である金曜日、小さな事件が発生した。午後の商店街で紗彩が慌てたようにうどん店に飛び込んできたのだ。昼食のピークは過ぎていたので、店内には数人の客しかいなかった。

「ねえ、健太郎」彼女は爪先立ち、厨房に顔を突っ込んだ。「マスク、マスク」

「ここはうどん屋で、マスクはねえ」俺は洗い物をしながら答えた。「マスクが欲しいなら、薬局に行け」

「そうじゃなくて、寿仮面のマスク。なくなったのよ。今、みんなに訊いて回ってるんだけど、みんな知らないらしくて、情報がゼロなの」

「それなら、どこかのテーラーで見たな」俺はわざと思考の時間を作る。「あ、お前の店だ」

「冗談じゃなくて、本当にマスクがなくなったの。完成して裁断テーブルの上に置いてたんだよ。裾上げしたパンツを洋品店に届けるために少しだけ店を空けただけなのに……」

「お前、札をかけただけで、施錠をせずに店を出たんだろ」

「説教はまた今度」紗彩が地面を踏みしめるようにして焦る。「ねえ、マスク知らない？」

俺は一瞬、考える。すぐに答えに行き着いた。

「それなら、やっぱ薬局だ」

「だ、か、ら」紗彩は焦れったそうだった。「花粉症の時期じゃないし、風邪も引いてない」

「違うって。寿仮面のマスクはたぶん薬局にある」

「薬局のおじさんにはまだ渡してないよ」

「たぶん、おっちゃんの息子の宗助が盗ったんだ。店の外から見えるように裁断テーブルの上に置いてたんじゃ、そりゃ盗りたくもなる」

「どうしてよ？」

「詳しいことはいいじゃねえか。とにかく、宗助に訊いてみろ」

「うん、わかった」

「あ、それと」

俺は出口に急ぐ紗彩を止めた。

「宗助が盗ったんだとしても、許してやれ。理由も追及するな。それにおっちゃんにも内緒だ」

紗彩は眉根を寄せたが、「まあ、いいわ」と納得した。「マスクが返ってくるなら、それでいい。そのほうがいいんでしょう?」

「ああ、あとは俺がやっとく」

紗彩は頷き、店を出て行った。

「おい」厨房の奥から親父の声が聞こえた。「面倒なことに首を突っ込んでんじゃねえだろうな」

「面倒じゃねえよ」俺は叩き返すように声を発した。「息子は父親で苦労する、っていう簡単な苦悩の物語だ」

「わけのわからないことを、偉そうに言いやがって」

「息子にしかわからない苦悩だ。今からきっちりと教えてやろうか」

「おい、手が止まってるぞ、さっさと仕事を片づけろ」

「へいへい、社長」

その日の夕刻、寿仮面のマスクは無事に紗彩の手元に戻った。そう紗彩から連絡があった。やはり推測通り、マスクは宗助が盗んで隠していた。紗彩は理由を訊ねなかったそうだが、何度も謝罪し、それは後悔の念が伝わるもので、怒りも萎んだそうだ。

マスクがなくなれば父親がプロレスに出場することはなくなる。

そう考えたのかもしれなかった。小学生が思いつきそうな、短絡的な犯行だ。

八月二日、夏祭りの当日。遠くの空で白い入道雲が立ち昇り、寝苦しさによって目が覚めるほどの暑さは午前六時が近づくとさらに不快指数を上げた。いつもは商店街の他店と比べて早く開店する佐草うどん店ではあるが、今日は祭りということで歩調を合わせ、午前十時に開店する予定だった。

しかし、習慣というものは恐ろしく、俺はいつもの時間に起床し、少しだけ遅れて店にやって来た。すでに親父は出汁の仕込みをしており、文子もゆっくりと作業を進めている。もちろん京香の姿もあった。

「京香ちゃん、何やってるの？」

彼女は先ほどから自分の人差し指を舐め、考え込むような表情を浮かべていた。

「今日は少し時間に余裕がありますから、実験と研究を」

「また小麦粉？」

「塩です。やはり岩塩よりも天然塩のほうがうどんとの相性がいいようですね。岩塩は海水の蒸発によって形成された海塩ですが、にがりの成分でもあるマグネシウムが長年の風雨などによってさらされ、ほとんど残っていません」

「にがりって、あの塩辛いやつか？」

「それだけではなく、苦味や渋みも含まれます。雑味のないものになるかとも思いましたが、物足りなさを感じました。にがりも味覚にとって需要な成分なんですね」

「へー、小麦だけじゃなく塩でも変わるのか」

俺はだるそうに頭を揺らす。

「塩はタンパク質をほぐす酵素の働きを弱めて発酵を抑え、グルテンを引き締めることで生地の緩みや腐敗、それから乾燥を防ぐ効果があります。季節によって気温が異なるので、塩の量で発酵速度を調節するんです」

「知らなかった」俺は素直に驚く。「小麦と塩、それに水。讃岐うどん、って考えられた食べ物なんだな」

「昔から讃岐ではうどんの材料となる小麦や塩の生産が盛んでしたから、そのようなうどん技術や文化が根づいたんでしょうね」

正午が近づき、俺はうどん店の仕事から解放された。青年団の仕事が待っていたからだ。忙しいときに抜けやがって、と親父は文句を言っていたが、文子が商店街の仕事だと説き伏せていた。親父は文子の言葉に弱い。仲がいいな、とからかって店を出た。

商店街は祭りの影響で賑わっていた。どの店も、この機を逃すな、とばかりに店の前にテントを張り、商品を並べている。洋品店のおばちゃんは何の関連性もない、イカ焼きを販売していた。

途中、阿野雄太に声をかけられた。今日は非番だそうで、今からうどん店に昼食を摂りに行くそうだ。しかし、そのまま行かせるわけがない。

「おい、雄太。今からギネスに挑戦だ。手伝えよ」

「いや、僕は商店街の人間じゃないし、お腹が減ってるから……」

「何だよ、友達だろ。それとも何か、雄太は友人に手を貸さない薄情な人間です、って京香ちゃんに伝えてほしいのか」

「そ、それは、棘のある言い方だね」

「心配するな、そんなことしねえよ。雄太は優しいもんな。友人の手を振り払ったりはしねえ」

「健ちゃんさ」雄太がげんなりとする。「今度からは微罪であっても見逃さずに、逮捕するから」

「お、言うようになったな」

俺は大きく笑い、雄太の腕を引っ張った。

直後、懐かしい二人組じゃな、と声をかけられ、俺たちは足を止めた。その声には覚えがあり、俺はゆっくりと振り返る。

「金物店の佳純《かすみ》ばあちゃんじゃねえか」

店の前に小さな机を出し、鍋や大工道具、針金などを並べていた。

「小学校、中学校、高校と常に一緒じゃったのう、二人は」

「今も仲良しだ」と俺は雄太と肩を組んだ。

「強制的に」

雄太は口を尖らせる。

「ほー、ほー」佳純は愉快そうに笑った。「小学三年生のとき、うちの店で釘を万引きしようとしてたのが昨日のようだ。秘密基地の小屋を造る、とか。あのときも、雄太は無理やりやらされたんじゃったな」

「佳純ばあちゃん、今年で八十七歳だろ。そろそろぼけたらどうだ」

「ここと」佳純が自分の頭を指差す。それから力瘤を作るように腕を曲げて持ち上げた。「体力だけはまだまだ若い者に負けん」

「その二つが達者なら、若者は太刀打ちできねえじゃねえか」

佳純が高笑いを響かせた。そののち、「おっ」と前方に興味をそそられたようで、視線を奥へと飛ばす。俺たちも釣られて振り向いた。駄菓子屋のテント付近だ。

「あの男、もう次の女ができたのかい。盛んじゃのう」

駄菓子屋の前にカップルは一組しかおらず、俺は祭り用に作った商店街のTシャツを着た男を視界の中央に据えた。

「誰だ?」と隣の雄太に訊ねた。

「あれは……」雄太は言いにくそうに喋る。「写真店の長男で、小西友則《こにしとものり》。店は継いでなくて、今年地元の銀行に就職したって聞いたけど。年齢は五つ下だからあまり交流がなかったよね」

「それに、紗彩の元恋人じゃよ」

「あー、佳純ばあちゃん、それ言っちゃった」

雄太が渋い顔をした。

「何だい、いけなかったのかい」

「何だよ、紗彩の奴、あんな年下のガキに捨てられたのか」

顔は笑っていたが、無意識に目が尖り、それに合わせて胸中も鋭敏になり、苛立つ自分を自覚できた。だからすぐに笑顔も消える。身体を半回転させた。

「ばあちゃん、今から近くの児童福祉会館でイベントだ。一緒にどうだ？」

「嫌だね」佳純はそっぽを向く。「一円にもなりゃしない」

俺はもやもやとした感情を吹き飛ばすように笑った。

「佳純ばあちゃんなら、そう言うと思った」


児童福祉会館は商店街の通りから一本外れた大通り沿いにある。駐車場が広く、フェンスに囲まれた場所には遊具が並び、公園のようになっている。祭りの今日は利用者も多く、子供の声が蝉にも負けずに聞こえてくる。

俺たちは建物の中に入り、スタッフ控え室がある二階に向かった。長い廊下を進み、畳敷きの部屋に入る。

「早いですね、佐草先輩」

青年団団長で、学校の後輩である木南雅彦がいた。

「珍しいだろ」自己批判を込めて言う。「助っ人もいるぞ。雄太だ、知ってるだろ」

「阿野先輩、いいんですか」雅彦が問うた。「警察のほうは？」

「今日は非番だから」

「ありがとうございます、助かります。それでは早速で悪いのですが、二人ともこのTシャツに着替えてください。準備もありますので」

「へいへい、団長殿」

商店街のTシャツに着替える。紗彩の元恋人が着ていたのと同じものだ。胸にはウサギを模した、商店街のキャラクターがプリントされていた。

「あれ、そういえば」控え室を出たところで、雄太が何かに気づく。「健ちゃん、髪切った？」

「何だよ」俺は声に警戒心を滲ませた。「あれだからな、今日、地元のテレビ局が取材に来るからって切ったんじゃねえからな。ちょうど、髪を切るタイミングが昨日だったたってことだ。もしかしてテレビに映るんじゃないか、って思ったんじゃねえぞ」

「……何も言ってないよ、健ちゃん」

「勘繰るなよ、テレビなんてどうでもいいんだ」

児童福祉会館の一階に下りると、ロビーがごった返していた。様々な年齢層の人々が集まっている。それほど広くない建物なので、五、六十人が集まれば窮屈に感じられた。

「先輩たちは予定通り幼稚園児の誘導をお願いします」と雅彦が指示する。

「ガキのお守りだとよ、雄太」

「子供のそばにいると、テレビカメラがよく向けられます」雅彦がにっと笑う。「僕は忙しいので、そろそろ入場させてください」

「おい」俺は立ち去る雅彦の背中に声をかける。「俺はテレビなんてどうでもいいんだって」

「さて、健ちゃん」雄太が肩を軽く叩いた。「どうする?」

「そりゃやるよ」

不満げに答える。雑踏を掻き分け、施設の体育場へとつづく扉の前へと進むと、ぱんぱんと注目を集めるために手を叩いた。話し声のボリュームが小さくなる。

「まずはガキ、じゃなくて」咳払いを挟んだ。「幼稚園児から入場します。かわいい子供たちは二列になってお兄ちゃんたちについて来るように」

「はーい!」

揃った声が耳にキンキンと響いた。

扉を引き開けて中に入る。学校にある体育館のように広くはない。バスケットコート一面分より少しだけ広い程度だ。幼稚園児を奥まで引率し、計測用マイクの前で横に整列させた。隣には声の大きさを表示する大声測定機の電光掲示板も用意されている。三日間のレンタルで、五万円以上する代物らしい。

後ろからほかの参加者もぞろぞろと入室してくる。カメラを担いだテレビクルーの姿もしっかりと確認した。

「で、俺たちはこれからどうするんだ?」

「さあ」雄太が首を捻る。「それを部外者の僕に質問する?」

直後、アップテンポの音楽が天井に設置されたスピーカーから流れた。俺たちが入場した場所とは逆の小さな扉が開き、五人の男たちが勢いよく入場する。幼稚園児が甲高い声を上げて騒いだ。

五人の男たちは商店街のTシャツにお揃いの白いパンツ。顔には屋台で売っている戦隊もののお面をしていた。それぞれに色が違い、ポーズを決める。お粗末な演出だが、幼稚園児には好評のようだ。

赤いお面の男が芝居がかった声で説明をはじめる。雅彦だとわかった。

ギネス記録に挑戦するには面倒な手続きが必要だった。アカウントを登録し、申請を出し、ガイドラインを確認し、認定員を派遣する。認定員を呼ばない場合はガイドラインに沿った証拠物を用意する必要があり、周りを見ると認定員らしき人物はいないので、地元テレビ局が撮影した映像が証拠物となるのかもしれなかった。あとはその証拠物をギネスの記録管理部が審査し、認定されれば認定書が届く。

「大声を出すタイミングは簡単だ」お面をした雅彦が身振り手振りを大きくして言う。「一度、この部屋は真っ暗になる。そのとき声を出しちゃ駄目だ。そしてそのあと、明るくなる。そのタイミングで君たちの大きな声で悪い怪獣を退治するんだ。頼んだぞ!」

「はーい！」

幼稚園児の声が鳴り渡った。

なるほど、と思う。お面は幼稚園児に話を聞かせるための小道具だったようだ。

「健ちゃん」雄太が顔を近づけてきた。「集団で大声を出すギネス記録っていくつなの？」

「知らねえ。電車の高架下が、百デシベル、ジェット機のエンジン音が百三十デシベルくらいって聞いたけどな」

「担当のスタッフなのに何も知らないんだね」

「知らなくても園児の引率はできる」俺は両眉を上げる。「おい、そこ、列を乱すな。レッドの兄ちゃんに必殺パンチを喰らわされるぞ」

それでは皆さんお願いします。雅彦をはじめとする五人のお面隊員が園児の後ろに並び、室内が真っ暗になるのを待つ。五秒前、と聞こえた。

そこで俺はふと思う。世界一の大きな声っていうのはどのくらいの大きさなのか、と。自分が声を出してはその音が聞こえない。自分一人くらい声を出さなくても記録には影響ないだろう。

室内が真っ暗になった。窓には暗幕が垂れ下がっており、外からの光は一切なかった。幼稚園児が騒ぎ、大人も小さく興奮するような声を洩らした。すぐには明るくならない。声音がなくなるまで待った。

ぱっと照明が灯る。聞こえたのは幼稚園児の叫び声。そして、隣の雄太の上擦るような大声。後方からもいくつか聞こえたが、期待していたような声量ではなかった。計測機の表示も八十二デシベルで、これでは世界一は難しいだろう。

もしかすると、とはっとする。自分と同じ考えの人間が何人もいて、世界一の声を聞こうと口をつぐんだのかもしれなかった。

「健ちゃん、叫んだ?」と雄太に訊ねられた直後、遅れたように女性の叫び声が響いた。

遅いよ、と思うが、そこには恐怖の感情が含まれているような気がして、俺は声の主を探した。

「園児を外に」とお面を外した雅彦が素早く指示を出した。

体育場が騒然とする。雅彦の足元に人がうつ伏せに倒れている。傍らには緑のお面が転がっており、先ほどまでイベントの説明をしていた一人のようだ。意識はあるようで、うめき声が聞こえている。

「大丈夫か」

雅彦が男の上半身を抱え、仰向けにする。右のこめかみの上あたりから血が流れていた。見覚えのある顔で、写真店の長男、小西友則だとわかる。苦痛に表情を歪め、浅く息をしていた。

小西は問いかけに小さく頭を振って答える。隣では心配そうに覗き込む女性がいた。先ほど彼のそばで買い物を楽しんでいた女性だ。紗彩の次の恋人。どうやら暗闇になった瞬間に襲われ、明かりが灯り、恋人の倒れた姿を見て激しく大声を上げたようだ。

「救急車を早く」と雅彦が言った。

「おい、ここはお前が仕切れ」俺は雄太の背中を押す。「警察官だろ」

「あ、えっと」雄太が注目を浴びようと両手を掲げた。それを軽く揺する。「園児は退出しましたが、ほかの人はこの場に留まってください。それから小西君の近くにいた人はそのまま動かずにじっとしていてください」

小西の周りにはお面の四人のほかに、五人の人間がいた。俺と雅彦も近かったが、無意識に身体が動いた自覚はなく、警察官である雅彦が愚行に及ぶはずもなかった。

「凶器はこれのようですね」雅彦が小西友則を横たえ、立ち上がった。「青空プロレスの優勝者に渡されるはずだったトロフィー。台座が折れてしまったな。確かこれは玩具店の谷尾《たにお》君に預けていたはずだけど……」

多くの視線が彼を捉える。二十代前半で面長の彼は怯えるように首を横に振る。金運に恵まれそうな大きく分厚い耳たぶが踊るように揺れた。

「僕じゃないですよ。トロフィーはずっと床に置いてました。いつの間にかなくなってたんです」

「谷尾君」雄太が話しかける。「小西君との関係は?」

「疑われてるんですか」

「みんなに話を聞くつもりだから、安心して。最初が君からってだけだから」

「関係、ですか。親が同じ商店街で働いてたし、同級生だし、浅からぬ関係ではありますけど……」

「そういえば」口を挟んだのは高原《たかはら》書籍店の女性店主だ。若作りをしているが、確か四十歳目前ではなかっただろうか。「あなた、小西君からずっとからかわれてたわよね。小学生の頃は毎日、泣いて帰ってた。あなたのお母さんが、うちの母親に相談してるのを聞いたことがあるもの」

「……昔のことですよ。今は何とも思ってません」

「動機らしきものはある、か」と雄太が頷く。

「そんなことを言うなら」谷尾が反撃に出ようと声を上げた。「高原さんにも恨みがありますよね。僕は彼と同級生だから知ってますよ、彼が中学生の頃、高原書籍店で何度も万引きをしていたことを。捕まることはありませんでしたが、犯人が彼だと気づいてましたよね。大きな損害だったたと思います」

「それは」高原は一瞬言葉に詰まる。「先代である母親のときのことでしょう。私の代になって恨みを晴らすなんてありえない。見当違いよ」

「なるほど」雄太が再び頷いた。「では、石本《いしもと》さんはどうですか？」

頭髪に白いものが目立つ、六十代後半の男が口を開く。彼は不動産店の社長で、メタボリックな腹部にシャツが引っ張られ、ボタンが弾けそうだった。

「さあのう、顔は何度も見たことがあるが、話したこともない若者だ。挨拶を交わしたことがあるかどうかも定かじゃない」

「俺もだ」四十代後半の鈴木《すずき》スポーツ店店主がつづいた。「関係があったとしても、挨拶程度だな」

「鈴木さんのところは昔、花火を打ち込まれたことがあったじゃないですか」

谷尾が告げ口するように言った。

「あ、そうだっけか」鈴木が薄くなった頭頂部を掻く。「そうだったかもしれねえが、そのことも今思い出した。ということは、恨みもないってことだ。恨みっていうなら、小池《こいけ》さんのところ、料理の悪口を広められたよな」

「ええ」気弱そうに中華料理店の店主が頭を揺らした。青いお面を被っていた人物だ。「しかし、それも彼が中学生の頃のことです。ネズミの肉を使ってる、という子供じみたものでしたしね。そんなことで今さら殴ったりしませんよ」

「本当にそうか?」鈴木が圧をかけるように近寄った。「桃色と黄色のお面を被ってたのは、手伝いの大学生で、小西とは初対面だろう。暗闇になった時間を考えりゃ小西のそばにいた俺たちの中に犯人がいるとしか考えられねえ。自分たちは関係ない、って顔をしてるが、青年団長や刑事の坊ちゃん、うどん屋のロックスターや小西の恋人だって犯人の可能性はあるんじやねえのか」

「まあ、そうですね」と雅彦が肩を狭めた。

「おい」俺は雄太の肩を掴み、強引に振り返らせた。「紗彩はこいつのどこを好きになったんだ？」

そんな俺の声に反応したのか、周囲の目が一人の男に固定された。

時実邦夫《くにお》。紗彩の父親だ。

「恨みはあるよな、時実さん」

石本が訊ねる。

「そうですね」

口の周辺に髭を生やした邦夫が明確に頷いた。親父と同い年で、家族よりも一緒にいる時間が長い。腐れ縁と呼ばれる関係で結ばれた存在らしかった。

「でも、待ってくださいよ」雅彦が割って入る。「思ったのですが、小西君はお面を被ってましたよね。しかも僕たち五人は体格にそれほど差がない。髪型はみんな短髪だし、服装はまったく同じ。声を出した僕は判別できるとしても、ほかの四人を見分けることは難しいんじゃないでしょうか。個人を特定するのは不可能です」

「違いはあるだろ」鈴木が言う。「お面だ。事前に小西が緑を被ると知ってりゃ判別は難しくねえ」

「そうか」雄太が少しだけ目を見開いた。「この中で小西君が緑のお面を被ることを知っていた人物は？」

　戦隊に扮した一人だけが手を上げた。桃色のお面を持った大学生だ。

「君がやったのか？」

「違いますよ」大学生は激しく首を左右に振る。「僕はこの人の名前も知りません」

「なあ」俺は疑問を伴いながら口を動かした。「何で小西が緑のお面を被ってたことを知ってたのが、こいつだけなんだ。戦隊の仲間ならほかの奴も知ってるはずだろ」

「知らなかった」雅彦が答えた。「予定では、小西君は桃色のお面を被るはずだった」

「どういうことだ？」

「みんなの前に出る直前に、この人に言われたんです」桃色のお面を持った大学生が横たわる小西を指差す。「お面を交換してくれ、って」

「どうして？」

「桃色は女みたいだ、って。大人になってそこにこだわるのか、と思いましたが、断る理由もなく、交換しました」

「その事実を、ほかの三人は知らなかったってことか」俺は考える。「ってことは、本当に狙われていたのは、お前？」

「ぼ、僕ですか」桃色のお面を握り締め、大学生が慌てる。「心当たりはありません。僕は数ヵ月前にこの地に引っ越して来たばかりで、恨みを買うようなことは何もしてないつもりです」

「無差別」雄太がつぶやいた。「加害者にとって、被害者は誰でもよかった。人を傷つけることが目的。人を殴ることで快感を得ようとした」

「変態かー」俺は語尾を伸ばす。「けどよ、犯人が変態なら殴るのが一人ってのは解せねえな。暗闇の時間は結構あった。その場を離れる時間を考慮しても、あと二人くらいはいけたんじゃねえか」

「加害者が傷つけたかったのは人じゃない」と雄太が足元を眺めながら囁いた。

「何だ?」

「いや、的外れな考えだった。トロフィーを壊すことが目的だったなら、わざわざ人を殴らなくても、床に叩きつければいい」

「いって……」被害者の小西が頭を押さえながら上半身を起こした。「何だよ、これ」

「動かないほうがいいぞ」

俺は起伏のない声をかける。

雄太が素早く頭部の傷を確認した。

「血は多く流れたけど、そんなに深い傷じゃないみたいだ」

「よかったじゃねえか」と俺。

「どこが」小西は痛みを堪えながら答える。「誰がやったんだよ、出て来いよ」

「罰《ばち》、じゃねえ?」

「ふざけるな」小西ががなった。「これは立派な傷害事件だ。警察に行くからな。絶対に犯人を見つけ出して糾弾してやる」

「呼んでるぞ」と俺は雄太の肩に手を置く。彼は見事な苦笑を浮かべていた。

「せっかくの祭りの日に警察沙汰は勘弁してほしいな」青年団団長である雅彦が頭を抱える。

「商店街にとって大きなマイナスだ」

「商店街のことなんて知らねえよ。俺は親父に頼まれて手伝ってやってたんだぞ。それなのにこの仕打ちだ。罰を受けるのは、商店街も一緒だ」

周りの空気がざわっと苛立ったのが感じ取れた。

「おーおー」俺はわざと能天気な声を出した。「見事な悪態だな」

「俺は頭を殴られてんだ。主張する権利はある」

「じゃあ、どうすりゃ穏便に済ませるんだ」

「犯人を見つけろ」小西が唾を飛ばした。「それから土下座させろ。許すかどうかはそれからだ」

大きな溜め息をついた。周囲を見回す。誰もが困り果て、面倒そうな表情を浮かべていた。心配顔で小西のそばにいるのは恋人の彼女一人で、煩わしさを放射した者たちが事態の推移を見守っている。

「おい、今、誰か舌打ちをしなかったか」と小西。

「俺の耳には聞こえなかった。幻聴だ。怪我の影響かもな」

「早く犯人を見つけろ。救急車に乗り込んだら、もう警察だからな」

鬱陶しい、とばかりに俺は髪の毛を掻き毟る。とそこで、はっと閃くことがあった。昨日の記憶が頭の中で逆流し、甦ったのだ。

「昨日」俺は口を開く。「隣町にある美容室に行ったんだ。高校時代から通う馴染みの店だが、十年ぶりくらいになる。けど、驚いたことに美容師は俺のことを覚えてたんだよ。お久しぶりです、ってな。名前も覚えてた」

「おい、何の話をしてんだ」と小西は喚くが、俺は無視する。

「顔を覚えてたのかとも思ったが、十年も経てばやっぱ老ける。目元は緩むし、顎回りも太ったと自覚してる」

「じゃあ、どうやって健ちゃんのことを?」と雄太が訊ねた。

「ここだよ」俺は頭頂部を指差した。「美容師は旋毛《つむじ》やうなじの毛の動き、髭の生え方で客を記憶してるらしい。顔なんかよりも変化がなく、覚えやすいんだと。同時に、どんな会話を交わした、ってことも思い出すそうだ。美容師は客の顔を見るんじゃなく、頭を見る」

話を聞き、周囲がしんと静まった。誰もが犯人のことを頭に浮かべているに違いなかった。お面を被った、同じ風貌の人間をどうやって見分けるのか。それは無防備だった後頭部。そんな芸当ができるのは、熟達した職人だけだ。

「小西」俺は呼びかける。「お前、時実理髪店に通ってたか?」

彼は気まずそうにこくりと頭を前に倒して答えた。

「おっちゃん」俺は紗彩の父親である、時実邦夫を視界の中央に据える。「やったのか？」

邦夫は俯いた顔を上げた。

「恨みがあるか、と問われたとき、肯定しただろ。俺がやった」

「紗彩を振った男だからか？」

「男と女の間に別れはつきものだ。そんなことはわかってる。ただな……」

「お、わかったぞ」俺はぱちんと手を合わせる。「こいつが新しい恋人と祭りに参加してるのを見て頭に血が上ったんだな」

「そんなことで逆上するか」邦夫が吐き捨てる。「忌々しい気持ちにはなったが、仕方ないことだ。かっとしたのは、そのあと。理髪店の前で母ちゃんが作った洋菓子を販売してたところに、小西の新しい恋人が一人でやって来たんだ。そして、何となく話をした。世間話だ。彼女は小西の恋人だと恥ずかしそうに答えた。付き合いはじめて二年になる、とな」

「ん？」俺は頭の中で簡単な計算をした。「紗彩と時期が被るな」

「娘は恋人にもなってなかった」邦夫が奥歯を噛み締めるようにして言った。「遊ばれてたんだ。そんな気持ちを抱えたままこの会場にやって来た。園児の前で暢気にポーズを決める男の後頭部に見覚えがあった。手の届くところにはトロフィーがあってな、暗くなった瞬間にそれを握ってた。あとは怒りに任せて行動に移した、のだろう。よく覚えてない」

俺は周囲に聞こえるように舌打ちを鳴り広がらせた。

「何だよ、自業自得かよ」

出入り口付近が騒がしくなり、「道を空けてください」と二人の救急隊員が姿を現した。「怪我人はどちらですか」

「こっちこっち」俺は呼ぶ。「おい、小西。救急車が到着する前に犯人を見つけたぞ。おっちゃんに土下座をさせるか？　それとも警察に行くか？」

小西は無言で首を左右に振った。

「何があったんですか」

救急隊員の一人が膝を折り、小西の頭部を診察する。

「こいつ、鈍いんですよ」俺は声を張った。「足を滑らせて転倒して、そこのトロフィーに頭を打ちつけたんです。本当に馬鹿なんですよ。な、小西」

小西は素直に首肯した。脇を抱えられながら自分の足で立ち、連れて行かれる。そばに恋人の姿はなかった。

「あ、ギネス記録はどうするんだ」

俺は確認する。

「この状況でつづけるのは無理ですよ、先輩」雅彦が嘆息した。「目玉の一つだったのにどうにかならないでしょうか」

「こういうのはどうだ」俺はアイデアを捻り出す。「傷害事件を最速で解決したギネス記録を申請するってのは」

「……本気ですか？」

「もちろん冗談だ」


「おーい、何やってんだ？」

ギネス記録会場からの帰り道、俺は商店街の中ほどで瀬能京香の姿を見つけて声をかけた。

「今日はいつもより早く麺がなくなったので、店は早仕舞いです。それでぽっかりと時間が空いたので、気になっていた場所を訪ねようと行ってきたところです」

「もしかして、また研究？」

「はい。海の近くに新しいうどん店がオープンしたのを知ってますよね。どんなものか食べに行ってみました」

「相変わらず熱心だな」俺は呆れるように笑う。「で、どうだった？　うちのライバルになるような味だったか」

「そうですね」京香は味を思い出すように間を空けた。「美味しかったですよ。出汁はもう少し改良の余地があると思いますが、麺に関していえばもちもちとした歯触りが心地よい、中讃地域らしい4・71ミリの麺でした」

彼女はトートバッグに無造作に手を入れ、ビニール袋に入った数本の麺を見せる。

「もしかして、麺の太さを測ったのか」

「もちろん」京香は得意げな笑みを浮かべる。「麺の太さは重要ですからね。太さによって味の印象は大きく変わります」

「そうなのか」俺は首を傾げる。「親父はいい加減に切ってるだけに見えるが、な」

「いい加減ですよ」

その答えに驚いた。「いい加減なのかよ」

「そのいい加減さが難しいんです。師匠はあえていい加減になるように手切りにこだわっています。機械を用いて作った同じ太さのうどんを食べることも、それはそれで美味しいんです。そちらのほうが好みという人もいる。でも、師匠は手切りにすることで麺の太さが不揃いになることを狙ってるんですよ。口に入れたときのいろいろな食感は面白い」

「うどんを食って面白味を感じたことはねえな」

「師匠はもっと気を配っていますよ。季節によってお客さんの好みが変わることに考慮して、ミリ単位で麺の太さを調整しています。そして、ぶっかけなどの冷えた出汁をかけて食べるものには細麺、かけには太麺とメニューによって異なる麺を用いています」

粗暴で喧嘩っ早い父親が、それほど繊細な調整をしているとは驚きだった。武骨なあの手でどうやって麺の太さを感じ取るのだろうか。

「さっき中讃地域らしいって言ってたが、ほかの地域じゃ違うのか」

「はい。県西の麺のほうが太く、県東の麺のほうが細い傾向があります。これは昔から言われてきたことで、理由は様々あり、はっきりとわかりませんが、わたしが調べたかぎりでも同じような結果が出ました」

「県西は県東に比べるとうどん店が多いからな。うどんが太いと生地の扱いや茹で時間によって麺の個性を出しやすいってこともあるんだろう。それで他店との差別化を図ろうってことかもしれねえな」

「そう、その通りなんですよ」京香が興奮する。「健太郎さんも勉強してるじゃないですか。それも理由の一つです」

「お、おお、そうか」俺は勢いに押された。「それにしても京香ちゃん、うちで働いてもう三年半だろ。独立とか考えてんのか」

「まだまだですよ」京香は大袈裟に首を振った。「わたしはまだ職人とも呼べません」

「どう見ても職人だけどな」俺はじろじろと見る。「じゃあ、職人ってどんな人間なんだ？」

「それは」京香は少し考える。「昔、師匠に言われたことがあります。難しいことを簡単にやり、簡単なことを慎重にやる人間。そういううどん職人になれ、と」

俺は首を曲げて腕を組んだ。「簡単そうで、難しそうだな」

「そうですね」京香が光を放つように微笑んだ。「健太郎さんはこれからどうするんですか」

「青空プロレスの観戦。京香ちゃんも一緒にどう？」

「今からちょっと用事があるのですみません」と断られた。その表情に影のような暗さがあったことに、俺はまったく気づいていない。

「それじゃ仕方ねえな。じゃあ、この先の児童福祉会館のあたりに雄太がいるはずだから見かけたら声をかけてやってくれねえか。挨拶だけでいい」

「雄太さんに、ですか。どうして？」

「そんなことだけで今日一日が幸福だと感じられる男がいるんだ」


プロレスが行われる会場は、近くにある図書館の駐車場。すでにはじまっているようで、多くの人で混雑していた。街灯に取りつけられたスピーカーからは観客を煽るような実況の声が聞こえている。

バン、と激しい音が響き、歓声が沸いた。女性や子供も椅子から立ち上がって観戦している。

俺はそんな観客の隙間を縫うようにしてリングに近づいた。

関係者席にはまだ若干の余裕があるようで、ロープを跨いで潜り込む。そこに雅彦がいた。彼の隣が空いていたので腰を下ろす。

「よお、雅彦。団長は忙しいな」

「目が回りそうですよ、先輩」雅彦は疲れた表情をした。「でも、プロレスがはじまってしまえば落ち着きます。トラブルが起こらないかぎり、ですが」

「トロフィーには気をつけろ」

「ちゃんと保管してます」

「で、リングに上がってるのは誰だ？」

リング上では長髪を金色に染めた男と、モヒカンスタイルの小柄な男が派手に組み合っている。

「二人とも大学生です。金髪がダイナマイト星《ほし》、モヒカンがハリケーン丸山《まるやま》」

「頼もしいリングネームだな」

「変更してもらったんですよ」雄太が渋い顔をする。「本当のリングネームは下ネタ。学生プロレスでは代々先輩がリングネームを命名して、後輩は拒否したり改名したりできないそうなんです。だから、ふざけた名前ばかりでして、相応しくない、と今日だけ変更してもらいました」

「ちなみに改名前は？」

「金髪のほうが、肛門の星。モヒカンのほうが、ボッキーシコシコです」

「そりゃ教育上よくねえな」

マットに叩きつけられる音が響き、視線をリングに戻した。

仰向けに倒れた丸山の両足首を星が脇の下に挟み込んだ。奇声を上げながら観客にアピールする。それからその足を抱え上げ、回転をはじめた。ジャイアントスイングだ。一、二、三と観客がカウントする。

五回目で手を離した。丸山はリング上で大の字。星はふらふらと後退し、ロープに寄りかかる。

「盛り上がってるじゃねえか。プロレスは大成功だな」

闘っている姿を目の前で見ると、不思議と熱くなる。無意識に拳を握っていた。相手が攻撃されると、瞬間的に避《よ》けてしまう。

「心配なのは、次の試合から商店街の男たちが参戦することです。事故などなければいいんですが……」

「お、ようやく本番だな」

ダイナマイト星とハリケーン丸山の試合は、コーナーポスト上からの丸山のダイビングボディプレスにより、彼が逆転勝利を手にした。観客は興奮し、観戦していた少年などは退場する丸山に駆け寄り、握手を求めるほどだった。

次の試合は学生二人組と商店街代表二人組のタッグマッチ。学生二人組から入場した。

黒い短髪、正統派プロレスラーのウルフ島《しま》と炎を模したマスクを被ったS太郎《エスタロウ》。二人とも鍛え上げられた肉体には張りがあり、圧倒されるほどの迫力がある。一方で商店街代表の一人は、長身でがっしりした体型の中年戦士、北見食堂店主のランチタイム北見《きたみ》とだぶつく腹部が目立つ雑貨店店主、ファンシー高野《たかの》。二人とも三十代半ば。知った顔を見て、観客の声はさらに大きく広がる。

リング上で四人が紹介されたのち、ゴングが鳴った。最初は北見と島の睨み合い。それから張り手を交互に繰り出す。技をかけ、受け、綺麗なレスリングがつづいた。そこへ客から奪い取ったパイプ椅子を持ったS太郎が乱入する。北見が凶器攻撃を受け、膝を突く。観客からブーイングが飛び出した。

「大丈夫なのか？」と俺は隣に訊ねた。

「平気ですよ。北見さんは子供の頃から柔道をやっていたそうですから、身体が頑丈なんです」

「そっか」俺は頷く。「で、メインはいつだ？　寿仮面の登場はまだかよ」

「メインは最後です。あと四試合は観戦してください」

観戦をつづけることは苦ではなかった。幼い頃からプロレスに関心があるほうではなかったが、眼前で繰り広げられる光景は想像を上回るもので、直接的な痛みや熱が届きそうでもあった。マットに叩きつけられる音は腰に響く。見栄えのよいプロレス技であるロメロスペシャルは観客の心へ訴えかける演出じみたものであるとわかっていても、やはり高揚した。

午後四時。メインイベントの時間が近づいた。後ろが騒がしく、振り返るとメインイベントの主役を張る寿仮面の息子である高岡宗助がいた。数人のクラスメイトと思しき少年たちに腕を掴まれているということは、無理やり連れて来られたのだろう。宗助の腕を掴んでいる少年の一人、身体の大きな少年が入山翼。寿仮面と闘う悪役レスラー紳士服店入山の店主の息子だ。顔が父親によく似ていた。

「おい、お前ら。こっちに来るか」

俺は少年たちに話しかけた。

宗助には睨まれたが、ほかの少年たちは礼を言ってロープを潜り、俺の周りに集まった。

「これでよく見えるな」と入山翼。

「僕は別に見たくないけど……」

小さな声で宗助が返答した。

激しい音楽に乗って、まずは入山が入場する。膝まで隠れる黒いレスラーパンツ。目の回りに黒いペイントをしていた。悪役らしく観客を挑発し、分厚い胸板を強調する。リングに上がり、コーナーポストに上って何かを叫ぶ。

入山翼は拳を突き上げて喜んだ。ほかの場所からも入山氏を激励する声が飛ぶ。

音楽が切り替わる。反対のコーナーからマスクを被った男が姿を現した。

笑い声が聞こえた。心配の声が広がる。入山を激励したのとは違う、侮蔑の感情が含まれた声援がかけられた。

仕方ないことかもしれない。寿という漢字を緑色のマスクの額に縫いつけた男は肩幅が狭く、衝撃に耐えられるほどの厚みもなかった。強風で倒れてしまいそうなほど頼りなく、歩幅も小さい。威勢を振ることもせず、後頭部を掻き会釈をしながら入場してくるのだ。

入山翼が高笑いを鳴り響かせた。その隣で宗助が俯く。

リングの中央で入山が相手を見下ろし、寿仮面が相手を見上げ、レフリーから言葉をかけられる。寿仮面は緊張のためか膝が震えているように見えた。

両者が下がり、短い間ののち、ゴングの音が会場に広がった。

直後、二人はリングの真ん中で激突する。寿仮面が入山の胸にチョップを連打した。けれど、入山はその場に仁王立ち、効果のほどは皆無。それどころか攻撃を仕掛けている寿仮面本人の手が痛んだようで、途中で攻めることを諦めた。

早くも寿仮面の息が乱れる。入山はいったんロープに身体を預け、反動を利用して身体をぶつけた。寿仮面はマットに叩きつけられる。

イエーイ、と入山翼が歓喜の声を上げた。

寿仮面はふらふらと立ち上がる。「おらおら、どうした」と観客から野次が飛んだ。宗助は見ていられないのか、ずっと視線を落としたままだ。

リングの左方で、二人が手を組み力比べがはじまる。最初はシーソーのように優劣が交互に変わったが、数十秒もすれば勝敗は決する。寿仮面が膝を突き、肩を震わせた。きっとマスクの下の表情は苦痛に歪んでいるに違いない。

入山が寿仮面の股に腕を入れ、抱え上げた。天地逆さになった寿仮面は足をバタバタとさせてもがくが自由になれない。入山はそのまま投げ捨てる。お手本のようなボディスラムが決まった。

一方的な試合と言ってよかった。入山は相手の攻撃をことごとく受け止め、跳ね返し、自分の攻撃を的確にヒットさせる。無駄な動きはなく、体力の消耗も少ないようだ。他方、寿仮面のほうは自分の攻撃さえもダメージになる始末で、すでに残りの体力も少ないようで、多量の汗をかいていた。

「なあ、こういうのも教育上よくねえんじゃねえか」俺はリングに横たわる寿仮面を見つめながら言った。「弱い者いじめだろ」

「そうですか」雅彦は試合に見入っている。「先輩にはそう見えますか」

「ほかにどう見えるっていうんだよ。高岡のおっちゃんボロボロじゃねえか」

「ほら、また立ちます」

リングに目を移すと、寿仮面が足に力を入れて立ち上がる姿が映った。しかし、さらにダメージは蓄積され、体力は削られたと見える。

「俺には痛々しく見える」

「高岡さん、何のために闘ってるんだと思いますか」

「そりゃ」俺は少し考える。「正義のため?」

「寿仮面的な答えですね」

「じゃあ、何だよ」

「プロレスに出場するのはやめてくれ、と息子さんに頭を下げられたそうです。理由を語ることはなかったそうですが、プロレスに出場すれば絶対に負ける。父親の傷ついた姿を見たくない。自分の父親が負けるなんて恥ずかしい。あとで友達に馬鹿にされる。と、そんなところでしょうか」

「その通りになってる。高岡のおっちゃんは負けそうだし、傷ついてるし、宗助は恥ずかしそうだ。このままじゃ友達にも馬鹿にされるだろうな」

「このまま終わりませんよ。高岡さん、寿仮面を引き受ける際に言ったんです。父親の姿を息子に見せるいい機会かもしれない、と」

「……父親の姿」

寿仮面がヘッドバットを喰らい、ゆらゆらと左右にふれ動く。ガクッと腰が落ちたが、膝を突くことは何とか耐えた。けれど、反撃に転じることはできず胸に掌底打ちを受け、結局倒れた。仰向けに倒れたままなかなか起き上がれない。

「おいおい、やり過ぎだぞ」と観客席から声が上がった。可哀相だろ、痛めつけるのはやめろ、など様々な場所から声が届く。

「もう、やめてよ」

宗助がそうつぶやいた声が聞こえた。

直後、「おおー」と驚きを内包した声が観客席に広がった。

寿仮面が立ち上がる。肩を大きく上下に揺らしながら腰を伸ばした。一歩前に踏み出す。

タイミングを狙っていたかのように入山の回し蹴りが炸裂した。またも寿仮面は後方へ倒れる。

「あー、またやられた」観客が嘆く。「おい、頑張れよ、寿仮面!」

その声援がきっかけとなり、寿仮面の名を呼ぶ大合唱となった。手拍子も加わり、「負けるな」という言葉も聞こえた。

声援に応えるように寿仮面は上半身を起こす。立ち上がるのが待てなかったのか、悪役の入山が後方から寿仮面を蹴り、うつ伏せになった彼に跨る。両足を掴んで相手の身体を反らせた。寿仮面はマットを叩いて痛がる。レフリーが近寄り、降参をするか、と確かめる。彼への声援がさらに大きくなった。

そこで宗助がはじめて顔を上げた。けれど、眼前の光景を目にした彼はすぐに視線を外した。

「宗助」俺は手を伸ばし、小さな肩に手を置いた。「ちゃんと見てろ。父ちゃんは闘ってるんだ。お前はそうやって目を逸らして逃げるのか」

宗助は振り向かない。俯いたまま、しばらく固まったように動かなかった。

「父ちゃんは諦めてねえぞ。激痛を堪えて立ち向かってる。なのに、痛くも痒くもねえ息子のお前は勝利を諦めちまうのか。お前は父ちゃんにどうなってほしいんだ?　そのために自分ができることを考えろ」

短い間ののち、宗助がさっと顔を上げた。両手で口を囲うようにすると、大きく息を吸い込んだ。

「父ちゃん、頑張れ！」

その会場でもっとも大きく伸びのある声だった。

息子の声がリングまで届いたのか、それはわからない。しかし、寿仮面に変化があった。少しずつ、本当に少しずつではあるが、ロープに向かって進む。必死に腕を伸ばし、状況を打破しようと懸命だった。

「もう少しだ、寿仮面」と雅彦が立ち上がり、叫んだ。それに追随するように観客から応援の声が飛ぶ。宗助も声のかぎり父親を応援した。

俺も知らずに声を出している。長い時間に感じられた。数センチがとても遠い。

じりじりと動いていた寿仮面の細い指がロープにかかった。レフリーが入山の肩を掴み、引き剝がす。

観客席から歓声が沸き、「よく頑張った」と声が添えられた。

「立て、寿仮面！」

宗助が声を嗄らす。するとそばにいたクラスメイトの何人かも寿仮面の応援をはじめた。入山翼はさきほどまでの勢いを萎ませ、黙ってしまう。

その逆転現象がリングの中にまで影響を与えたとは思えないが、二人の闘いに変化があった。勢いはそれほどなかったが、寿仮面のスライディングキックが見事に決まったのだ。入山は大きな音を響かせながらマットに倒れ、空を仰ぐ。

寿仮面が跳ね、足を落とした。二度、三度と繰り返す。入山は苦しそうに悶えた。最後はコーナーポストの中段まで上り、高い位置から足を落とした。

すぐに立ち上がった寿仮面は入山をうつ伏せにさせて跨り、両手で顎を掴んで身体を反らせる。寿仮面の細い腕に小さな筋肉が盛り上がり、身体が紅潮する。

「キャメルクラッチ！」と誰かが叫んだ。

レフリーが入山に顔を寄せる。何度か訊ね、すっくと立ち上がった。頭の上で大きく両手を振る。

「ギブアップ」という言葉と同時に、ゴングが鳴った。

寿仮面が立ち上がり、レフリーが手を掴む。高々とその手を挙げた。

今日一番の拍手が起こる。寿仮面に慰労の言葉が向けられた。

「父ちゃん、かっこいいー」と宗助がはしゃぐ。

「いい試合だったな」と俺は感想を述べた。

「いい父親の背中でした」

雅彦がぼそりと言った。

プロレス会場の隅ではまだ熱気が燻《くすぶ》っている。瞼を閉じれば寿仮面の活躍がはっきりと思い出され、観客の声が聞こえた。俺はリングの撤去が進められる会場にまだいた。椅子に腰掛け、ぼうっとその様子を眺めている。

「あ、こんなところにいたんだ」

声をかけられて振り向くと、そこに紗彩がいた。彼女は隣にくると椅子に腰を下ろす。

「何してるの？」

「高岡のおっちゃん、凄かったぞ」

俺は笑みを向けた。

「勝ったんでしょう。わたしも応援したかったな」

「表彰式では台座の壊れたトロフィーを掲げて、隣にいた宗助も自慢そうだった」俺はそこで思い至る。「あっ……」

「何かごめんね、うちの馬鹿親父が迷惑かけたみたいで……」

「あのくらい何でもねえって」声が大きくなった。「みんなすぐに忘れる」

「ほんと馬鹿だよね」紗彩が肩を落として溜め息をつく。「一人娘だから我慢できなかったのかな。昔から娘には甘い父親だからなー。何歳になったと思ってんのよ、ちょっと熱くなりすぎだよね」

「……それが父親ってもんじゃねえのか。俺はおっちゃんを責める気にはならねえよ」

「でも、馬鹿だよ」

空気が重くなったところで、別の声が割り込んできた。

「お二人さん、何やってる」

右隣に腰を下ろしたのは、さきほどまでリングの上で奮闘していた入山だった。

「悪役レスラーの登場だ」

入山はからっと笑う。「会場にいたのか。どうだった？」

「……昔のことを思い出した」

「昔？」

入山が大きな身体を前に倒し、覗き込んでくる。

「昔、俺がまだ幼稚園の頃、よく親父とプロレスごっこをしてた。本気で蹴って、殴って、締めつけて。俺はいつも勝ってた。全戦全勝だ。俺は親父の前じゃ最強だった」

「そりゃ作治さんが手加減してたからだろ」

「もちろん、そう。最初はどんなに劣勢でも、最後に俺は勝つ。それは親父が手を抜いてたから。入山さんもそうじゃねえのか。あの逆転劇には裏があった」

「息子とプロレスをする父親は絶対に勝てない」入山が言った。「正義のレスラーとプロレスをする悪役は絶対に勝てない。どっちも当然のことだ」

「やっぱそうか。台本通りの八百長かよ」

「そりゃ違うな」入山が両手で自分の太腿を叩く。「俺は試合前から負けてた。高岡さんは商店街みんなの声で、寿仮面に選出された。次点が、俺だ。紗彩ちゃんも投票したよな」

「はい、わたしは入山さんに入れましたよ」

「そりゃ嬉しいな」

「それ気になってたんだけど」俺は声に疑問を伴わせた。「商店街のみんなは、どういう基準で高岡さんを選んだんだ？」

「寿仮面に相応しい人物。商店街で一番人情に厚く、信頼がおけ、道義心に溢れる男が選ばれる。昔から、寿仮面のマスクを被る男はそう決められてる」

「それが高岡さん？」

彼の姿を思い浮かべるが人物像に合致せず、信じられなかった。

「お前は何も知らないだろ。俺も高岡さんに一票を投じた人間の一人だ。その時点で俺は負けてる。あの結果は八百長じゃなく、そうなるべくして俺は負けた」

「入山さんが納得してんなら、文句はねえよ。あれはいい試合だった。けど、息子にはどう説明するつもりだ。試合後、がっかりしてたぞ。翼は父親の勝利を信じて疑ってなかった」

「息子にはちゃんと話すさ。父ちゃんは商店街で二番目に凄い男だ、ってな。それに約束もする。きっと来年は父ちゃんが寿仮面だ、と」

入山がそこで立ち上がった。

「何だ、帰るのか。用事があったんじゃねえのか」

「おお、そうだった。祭りの最後に商店街の入り口に設置したステージで音楽ショーをやるだろ。どうもギターを弾く約束だった人間が現れず、連絡もつかないようで、お前に頼めないか、って木南青年団団長が探してたぞ。やるだろ、ロックンロールスター」

俺は舌打ちを響かせるが、不快ではなかった。「仕方ねえな」

入山が去る姿を眺めながら、俺は言う。

「あれも父親だ」

「大きくて頼りがいがあるね」と紗彩がつぶやいた。

「ああ、でかいな。宗助の父親もお前の父親も、でけえよ」

紗彩がこちらを凝視した。

「何だよ」

「お前の父親もな、健太郎」

そう言った紗彩の顔は笑みに包まれていたが、目尻が少しだけ濡れているようにも思えた。

マンションに帰ってギターを探したが見つからず、うどん店の二階に置いていたことを思い出した俺は急いで店を目指した。日は傾いたが人出は減るどころか増え、幹線道路を封鎖して行われる夜の総踊りに向けての活気が早くも漂っているように感じられた。

佐草うどん店の戸は固く閉じられている。路地に入って店舗の側面へと回り、裏口のドアをゆっくりと引き開けた。厨房に視線を向けたところで俺は動きを止める。

親父が団子状になったうどん生地をこねている。こちらに気づかないようで、全身を使って一心不乱にうどんと向き合う。小さな窓から夕陽が射し、父親を照らしていた。

落ちた。その表現が正しい。目の前には好きと嫌いの二択しかなく、俺は惑うことなくその光景に魅入られた。その感情は一気に膨れ上がり、静かな興奮を覚える。

仁亜が見たのは朝日の中の親父だったか。時間の違いこそあれ、嘘くさいほど演出がかっていた。

けれど、確かに一瞬だとも思った。世界は一瞬で変革し、俺の心は確かに震えた。

「兄弟か」と俺は内心で笑う。そして、俺は何者かに押されるように一歩を踏み出した。

「何だ」親父が手を止め、首を捻ってこちらを見た。「いたのか」

「何やってんだ？」

親父はすぐに作業に戻る。

「最近は忙しくてうどん作りを一人でやってなかったからな。この機会にやってみようと思ってな。お前は？」

「二階にあるギターを取りに。このあと弾くんだよ」

「そうか」

「……」

「何だ」親父が煩わしそうに表情を歪める。「まだ何かあるのか」

「いや……」俺は頭頂部を掻く。そののち、肩を誰かに触られたような感触があった。「親父、俺にうどん作りを教えてくれ」

親父が素早く振り返った。何も言わず、こちらの真意を探ろうとするかのように見つめる。

「本気で知りたいと思ったんだ」

「仁亜に会う。一緒にいたい、ってのはどうなった」

「仁亜には会ったよ」

「どこで？」

親父が首を左右に振り、探した。

「さっき背中を押された。それに、肩に手を置かれた。あれは間違いなく、仁亜だ」

「わけのわかんねえことを言いやがる」

「なあ親父、駄目か？」

「……今さら何だ」

親父は顔を背けるように視線を外した。

「遅いことはわかってる。けど……」

「そうじゃねえ。俺たちは……俺と京香と文子さんは最初からお前に本気で教えてる。それを本気と捉えてねえのなら、お前のほうに問題があるってことだ」

思い当たる場面が次から次へと想起される。

「うぉー！」

俺は膝を曲げ、両こぶしを胸の高さまで上げて叫んだ。

「何だ、藪から棒に」

「燃えてきた。ちょっと行って来る」

「おい、どこに行く。ギターは？」

親父の声が追いかけてきたが、俺は構わずに店を飛び出した。


翌日、午後の休憩時、俺は商店街近くの公園でパンに齧りついていた。昨夜は屋台が並び人も多かったが、夏休みであっても平日の午後は閑散としている。周囲に施設や会社などなく、ベンチのみしか置かれていない公園では仕方のないことだろう。

そこで声をかけられた。

「ここにいたんだ」紗彩だ。「独りになりたかったのかな？」

「いろいろとうるせえからな」俺は不貞腐れたように答える。「お前も余計なこと言うつもりなら、どこかへ行け」

「その顔だとね」紗彩がくすりと笑う。隣に座った。「誰にやられたの?」

「朝からその質問ばっかだ。誰でもいいだろ、ほっとけ」

俺の顔はいつもの状態ではなかった。左頬と唇が腫れ、先ほどからパンも食べにくい。額には大きな擦り傷があり、左の視界も少々狭かった。

「わたしは知ってるんだけどね」

素早く彼女を見た。「嘘だろ」

「ほんと。健太郎をそんなふうにした本人から聞いたから。小西友則」

「あの野郎、べらべらと」

「彼、空手と柔道の有段者だよ。今もつづけてる」

「そういうことは早く言え」俺は唇を突き出す。「で、何て言ってた。笑ってただろ」

「ううん」紗彩は首を横に振った。「謝った」

「勝者が敗者に向かって謝罪するなんて、屈辱だな」

「違うよ。わたしに謝ったの」

「……そうか」俺は夏らしい様相の空を眺める。「で、どうだよ」

「すっきり、したかな」紗彩も顎を上げ、俺と同じ格好をした。「というか、もうどうでもよくなった」

「いい傾向だ。ギターは必要ねえようだな」

「ギター？」

「仁亜の失恋克服法があってな……まあ、その話はまた今度だ」

「……健太郎、ありがとう」

「敗者にかける言葉じゃねえな、屈辱だ」

俺は紗彩の横顔を眺める。口角が上がり、憑き物が落ちたようにとても清々しそうに見えた。

「けど、悪くねえよ」

menu 3

うどんの時間

有能な料理人にとって必要なものは経験とそれに裏打ちされた技術。どちらも一朝一夕にして得られないものだが、俺はとりあえず坊主頭にした。清潔感も必要だろう、とない知恵を絞って考えたわけだ。

今朝も早くから店に出て、うどんの生地を踏む。次のステップに進むには最低、一年以上も同じ作業を繰り返さなければならないことを知り力が抜けたが、心が折れるようなことはなかった。

親父が湯気の昇る釜前に立ち、沸騰する湯の中で踊るうどんをじっと観察している。麺が浮き上がったタイミングを見計らっておもむろに指先を突っ込み、器用に麺を一本摘まんだ。少しだけ指の腹で揉み、感触だけで茹で上がりをチェックする。そののち口元に持っていき、ずるっと啜った。試しに同じことをしたことがあったが、熱くて摘まめなかったし、菜箸で取り出して麺を揉んでもよくわからなかった。

このまま何事もなく、うどんの修業に熱中する。何年か習練をつづけ上達し、自分一人の力で一杯のうどんを作り上げる。客が喜べば達成感や充実感を得られるだろう。ぼんやりとではあるが、そう思っていた。けれど事件は前触れもなく、鋭い牙を剝くように姿を現す。

うどん店の定休日。昼過ぎまで眠り、だるい眠気を引き摺りながら昼食を摂った。親父はいつものように息抜きのパチンコ。文子はベランダで洗濯物を取り込んでいた。

「おばちゃん、悪いな」俺は首を伸ばしてベランダに声をかける。「あとは俺がやっとくから隅に置いといて」

「はいはい。じゃあ、わたしは夕食の買い物に行ってくるから」文子が洗濯物の入ったカゴを置いた。「健ちゃんはこれからどうするの?」

「店に顔を出す。京香ちゃんがいるだろ」

「今日は用事がある、とか言ってたけど、またいつもの食べ歩きかしらね。この時間ならいるんじゃないかしら」

水曜日の商店街はほとんどの店舗が休む。その影響で人通りは数える程度しかなかった。しかもどの歩調も速く、商店街を通り抜けるために歩いているといった様子だった。

俺は定休日と書かれた札の下がる戸を開けようとしたが、びくともしない。数回、叩いてみたのだけれど、反応はなかった。

仕方なく裏口へと回り、鍵を開けて入った。

厨房に京香の姿はない。二階にいて気づかなかったのかもしれない、と階段を上がったが、そこでも彼女を見つけることはできなかった。店内はすべての椅子が机に上げられ、床を水拭きしたのか濡れていた。

「京香ちゃん、いねぇのか」俺は厨房にある簡易な腰掛けに尻を下ろした。「まだ食べ歩きをつづけてんのかな」

厨房を見回すと、釜場や水回りが綺麗に片づいていることに気づいた。いつも汚れているわけではないが、今日は念入りに整理されている。引っかかり、奇妙にも思えたが、不安を抱くほどのことでもなく、俺は大欠伸をした。

普段賑やかな場所が静かだと、余計に穏やかに感じる。俺は調理台に手を置き、頭を乗せた。ひんやりとして心地いい。満腹感と同時に日頃の疲労が肩に伸《の》しかかる。

知らずに眠っていたようだ。はっと気づいたのは、店の戸が乱暴に叩かれている音に反応したからだった。声も聞こえてくる。

「京香ちゃん、いますか」

すぐに雄太のものだと把握できた。

俺は厨房から出て、揺れる戸の前まで足を進めた。施錠を外す。

「何だよ、慌てて」眩しそうな顔をする。「勇気を出して愛の告白か？　それなら残念だったな、京香ちゃんは留守だ」

「……そう、か」

雄太の声と態度に不穏なものを感じ取った。

「何だよ、何かあったのか」

「いないなら、いい」

「ちょっと待て」俺は去ろうとする雄太の腕を掴まえた。「何があった？」

振り返った雄太の顔は怖いくらいに鬼気迫っていた。

「京香ちゃんに殺人の容疑がかかってる」

言葉の意味は理解できたが、すぐに解釈し呑み込むことができない。

「何を言ってる……どうして京香ちゃんが」

「今はゆっくりと説明してる暇はないんだ。あとで話す。どのみち話を聞かなくちゃいけないと思うから」

早口にそう言うと、雄太は立ち去った。

俺は取り残され、重苦しい沈黙に包まれる。

雄太から話を聞けたのは、翌日の夜だった。マンションのリビングには親父のほかに紗彩の姿もある。

瀬能京香は昨日から姿を消した。親父が何度も連絡を入れたが、携帯電話の電源が入っていないようでまったく繋がらない。心当たりを探しもしたが、見つけることができなかった。警察の早とちりだと言い聞かせていた俺だが、それらの事実が胸の中をざわざわと騒がしくさせていた。

「京香ちゃん、どこにいるんだろう」

紗彩がぼそりと口を開いた。

「警察が行方を探してる。そうだな、雄太」

親父が脅すような口調で言った。

「まだ見つかってません」スーツ姿の雄太は力なく首を振る。「すみません」

「だからどういうことなんだ」俺の口調は苛立っている。「全部、説明しろ。捜査上の秘密、なんて言葉を挟みやがったら協力しねえからな」

雄太が困ったように頭頂部を掻く。鼻を触り、自分を落ち着かせるように控えめな深呼吸をした。

「昨日、市の南西部にある小さな町で殺人事件が起こった」

「ああ、それはニュースで観た」俺は頷いた。「被害者は宇野清喜《うのせいき》、三十歳。住宅街の一角に建つアパートの一室で死んでたんだよな。発見者は近所の住人ってことだった」

「そう。近所に住む老人が、犬の散歩中にドアが開いたままのアパートの部屋を見つけた。一時間後、帰宅しようと通りかかっても同じように開いたまま。気になった老人は声をかけたが、反応がない。不用心だと思い中を覗くと、胸から血を流し絶命した男を発見した」

「胸を一突きってことか」

「いや、胸部を中心に八ヵ所を刺されてた。背中や腹。それに、腕や顔にも切りつけられたあとがあったよ。死亡推定時刻は昨日の午前十一時から正午の間。強い恨みの証だと思う。凶器はおそらく刃渡りの長い包丁。刃先は折れて遺体の中に残ってた」

「その口振りだと凶器は見つかってないってことか」

「そうだね」

「で、何でその犯行が京香ちゃんと結びつくんだよ」

「……遺体の周辺が汚れてたんだ」

「汚れてた？」

紗彩が首を捻った。

「真っ白に」雄太は声を落とす。「小麦粉だったんだ。それに、裁断されたうどんの麺も散らばってた。京香ちゃん、いつも持ち歩いてるだろ」

しばらく誰も声を出すことができない。その沈黙は京香を犯人だと決定づけようとするもののように感じられ、俺は振り払うように口を動かす。

「そんなもの状況証拠に過ぎねえだろ。決定的な物証は出たのかよ。指紋やＤＮＡが採取できるようなものは？」

「京香ちゃんの指紋が部屋のいたるところから検出された」

京香を擁護する言葉をいくつか準備していたが、苛立ちを伴った雄太の発言によってすべてが無駄になった。俺は口を開けたまま閉じられない。

「その宇野清喜という男と京香の関係は？」と親父が素早く訊ねた。

雄太が肩を緊張させながら俯き、厳しい表情を浮かべた。迷うような間はじれったく、急かしたくなる。

「どうした？」と親父が静かに促した。

「昔の恋人」雄太はぼそりと答える。「五年前に、つまり京香ちゃんが二十一歳のときに付き合ってた男。警察の記録に残ってた」

「昔の恋人なんて、心の整理がつけば女にとっては他人と同じだよ」と紗彩。「五年も前でしょう。とっくに見限ってる」

「京香ちゃんにとっては違ったのかもしれない」

「それよりも気になるのは」俺は眉根を寄せた。「どうして京香ちゃんとその男の記録が警察にあるのか、だ」

「宇野清喜は五年前、情報提供をもとに捜査を進めていた県警組織犯罪対策課に、大麻取締法違反所持で現行犯逮捕されてる。その後の捜査で、自宅から乾燥大麻や大麻草など計約１・４キロと栽培道具約二百六十点を押収し、大麻取締法違反営利目的栽培などの罪で、再逮捕。懲役四年八ヵ月、百十万円の罰金判決を受けた」

「まさか京香ちゃんも」俺は身体を前のめりにした。「ってことはないよな」

「営利目的栽培には関与していなかったらしい」雄太は嘆息する。「でも、大麻を日常的に使用していたようで、大麻取締法違反所持で逮捕されてる。初犯ということもあり、懲役一年、執行猶予四年の判決だったらしいけど……」

紗彩が両手で口元を隠すようにして驚く。声も出ないようで、大きく見開かれた目はいつまで経っても瞬きしない。

俺は渋い顔で雄太を見つめていた。親父、と声をかけた。

「知ってたのか？」

「当然だ」親父が頭を縦に倒す。「面接した際、正直に告白した。もちろん驚いたがな、人間なんて誰でも過ちを犯すもんだ。問題はその経験をどう生かすか。京香は猛省してる様子だった。うどん作りに対しても真剣な目をしてた。雇うことに迷いはねえってこった」

「親父にしちゃ、いい判断だ」

偉そうに言うと、親父に後頭部を叩かれた。

「それで、警察はどう考えてるの？」

紗彩が話を進める。

「数ヵ月前に刑務所を出所した宇野は京香ちゃんと縒りを戻そうとしていた。そういう節がある。京香ちゃんの携帯電話に何度も宇野から連絡が入ってた。逆に、京香ちゃんからはほとんど彼に連絡を取ろうとしていない。男の部屋には昔撮った京香ちゃんとの写真が飾られてたし、現在の写真も多く所持してた。宇野が働く弁当の製造宅配業者の同僚も、振り向いてくれない女性がいる、という愚痴を聞いてる。それに、二人が言い争う姿も目撃されてるんだ」

「そんな話は聞いてねえぞ」

俺は首を横に振って隣を見るが、親父も同じ動きで答えた。

「きっと、心配をかけたくなかったんだ」

雄太が京香の心情を思いやる。

「言い争い、って」俺は頭を掻き毟った。「不利な状況じゃねえか。付き合う気がねえなら、無視すりゃよかったんだよ。そんな男は相手にしないに限る」

「それも心配をかけたくなかったから、じゃない」紗彩がつぶやく。「このあたりでは京香ちゃんの周りを付け回すような男を見たことがないよね。恋人関係を復活させようっていう男なら、押しかけると思うのよ。でも、なかった。京香ちゃんは男の電話を無視せず、会って話したい、という申し出も断らずに対応していた。だから、男の行動はエスカレートしなかったんじゃないかな」

「……なるほどな」納得した。「で、お前ら警察は京香ちゃんがどうして犯行に及んだって推測してんだ?」

「過去をばらすと脅されて、犯行に及んだ」

「ないな」俺は断言する。「さっき親父も言ってただろ。過去は知ってる」

「でも、周囲の人間は知らない。京香ちゃんは知っていても、周囲に過去が広まれば生活しにくくなることは間違いない。親父さんはうどん修業に熱心だし、それを邪魔されたくもなかった。被害者の宇野は自室の奥で倒れていて、犯人を部屋に招き入れているようだし、部屋は荒らされていない。顔見知りの犯行だと状況が物語ってる」

「お前は京香ちゃんを犯人にしたいのかよ」

「したいわけないい！」

雄太が声を大きくする。

「だ、だよな」俺は少々仰《の》け反《ぞ》った。「だったら、俺たちがやることは一つだ。京香ちゃんの汚名をそそぐ」

「どうやって？」と紗彩。

「そうだな」俺は天井を見上げて腕を組んだ。「現場にうどんが落ちてた、って言ってたな」

雄太が首肯した。

「親父、昨日の休み、京香ちゃんがどこに行くか言ってなかったか」

「高松市内にある、のの屋ってうどん店に行く、って言ってたな。店主とは知り合いらしくてな、新メニューができたとかで試食に行くと笑ってた」

「本当ですか」雄太が新たな情報に飛びつくように肩を跳ね上げた。「調べてみます」

立ち上がろうとする雄太を止めた。

「待てって、まだ話が終わってねえ。調べるってんなら、部屋にばら撒かれた小麦粉についても調べろ。ＤＮＡ鑑定でも何でもして、小麦粉の種類を特定しろ」

「それは鑑識のほうでやってると思うけど……」

「あとな」俺は雄太の肩に腕を回す。嫌な予感がしたのか、彼は表情を歪めた。「現場を見せろ。それと、現場に落ちてたうどんを少しだけ持って来い。この目で確認したい」

「無理だよ、絶対に無理」

「警察官であるお前ならできる」俺は微笑みかけた。「京香ちゃんを救いたいなら、迷わず行動しろ」

「雄太を脅すんじゃねえ」

親父が口を挟む。しかし、俺を制したように見えた親父もぐっと目に力を入れ、「うちの従業員のためだ、頼む」と迫った。

「親子で僕を困らせないでくださいよ……」

雄太は対応に苦慮するように眉を下げた。


翌日の午後三時、うどん店の仕事を終え、片づけを親父に押しつけた俺はＪＲの駅で雄太と合流し、タクシーに乗り込んだ。目的地までは十五分ほどの道のりになる。

「あまり時間がないんだ」雄太が囁いた。「本来一緒に行動しなければならない同僚を撒いてここにいるわけだから」

「出世の邪魔になるようなことはしねえよ」

「邪魔になるような頼み事はされたけどね」

「見つからなきゃなかったことにできる」

「犯罪者の心理だね。健ちゃんの思考は危険だ」

「仁亜の知り合いに同じようなことを言われたことがある」俺は相好を崩す。ぼそっとつぶやいた言葉は雄太の耳には届かなかったようだ。「で、のの屋の麺は貰ってきたか」

「早朝に突然連絡を寄越して、麺を貰って来い、だもんね」雄太が溜め息をつく。「何のことかと思えば、のの屋の麺」

雄太がカバンの中に手を突っ込み、小さな茶封筒を取り出した。宛名の部分にのの屋とペンで書かれていた。

俺は受け取り、封筒の中から密封チャックのついたビニール袋を出す。中にはうどんの麺が数本入っていた。

「ちゃんと茹でてもらったか？　茹でると麺が少し膨張するからな」

「いつものようにやってもらったよ」

　真っ白い麺だ。指で触っただけでもモチモチの食感が想像できる。香りを嗅ぐと控えめな小麦の匂いがした。おもむろに口に含むと滑らかな舌触りが心地よい。ポケットから取り出した短い物差しで、麺の太さを測る。４・７ミリメートル。

「うちのうどんには敵わねえが、まあまあの麺だな。太さも高松市内の平均。のの屋の麺は機械で裁断するんだよな」

「そういう話だった。それで何がわかるの？」

「現場に落ちてた麺は？」

　俺は手の平を上にして右手を伸ばした。

「持ってきたよ」

　雄太が疲れたような声を発する。先ほどと同じ封筒をカバンから取り出し、差し出す。

「うちの署はまだ金庫や鍵付きロッカーなんかの複数の場所で証拠品を管理してるけどさ、署内に一つの保管庫で証拠品一つ一つにＩＣタグをつけて保存する警察署なら持ち出せなかったところだよ」

「へー、そうなのか」

　俺は適当に相槌を打ちながら、ビニール袋の中のうどんを取り出した。麺に集中する。

「こりゃのの屋の麺とはまったく違うな。時間が経過してることを考慮に入れても麺が硬すぎる」

麺を少しだけ指でちぎり、口に含んだ。

「あー、大事な証拠品を……」

「不味い」思わず感想が口をついて出た。「時間が経過した麺は食えたもんじゃねえ」

「一応食品だから、密封してクーラーボックスに保管してたんだけど」

「こりゃ看板を掲げたうどん店のものじゃねえぞ」

「味だけでわかるの?」

「小麦の甘味や滑らかさがほとんど感じられない、っていうのもあるが」俺は残りの麺をまじまじと見る。「麺が不格好に捻じれてるんだ」

雄太が麺に顔を近づける。

「ああ、確かに。でも、それが?」

「スーパーマーケットなんかで販売される市販のうどんは大量に一気に茹でるから麺の内側まで熱が通らず、捻じれる。対してうどん店の麺は一人前、約2・5リットルの大量の湯で茹でるためにしっかりと熱が通って、捻じれねえんだ」

「へー、はじめて知った」

「これでも少しは勉強してんだ」

物差しを使って麺の太さを測る。4・6ミリメートル。

「機械裁断ならここまで太さの違いが出ることはねえ。これではっきりした。現場に落ちてた麺はののの屋のものじゃねえ」

「そりゃそうだろうね」

　真顔で答えた雄太に、逆にこちらのほうが驚かされた。

「どういう意味だ？」

「京香ちゃんはのの屋に現れなかったそうなんだ。店主の話ではその日、店が暇になる午後二時に約束をしてたそうなんだけど、京香ちゃんは現れず、連絡を取ろうとしても繋がらなかった。とても心配してたよ」

「馬鹿」俺は雄太の腕を殴る。「そういうことは早く言え。俺の推理は必要なかったじゃねえか。京香ちゃんがのの屋に行ってねえなら、犯行現場の部屋に麺が散らばるはずがない」

　雄太が唸る。「でも、予定を変更して別のうどん店に立ち寄ったのかも……。足取りは依然、捜査中」

「さっきも言っただろ、雄太。ありゃ看板を掲げたうどん店の麺じゃねえ。あんな特徴も何もないうどんを京香ちゃんが持ち帰るはずがねえ。何の勉強にもならねえよ」

「じゃあ、誰がうどんの麺を？」

「真犯人だ」

「どうして京香ちゃんはあの部屋に？」

「元恋人なら部屋に京香ちゃんの指紋があってもおかしくねえよ。けどな、事件当日、京香ちゃんは男の部屋には行ってねえんだ」

「残念だけど、それは違う」雄太の表情と声がしょんぼりする。「あの日、男の部屋に入る京香ちゃんの姿を、同じアパートの住人が目撃してるんだ」

目撃してんじゃねえよ、という俺の声と、到着しました、という運転手の声が重なり、タクシーが停車した。


住宅街の一角にある二階建てのアパートは築三十年を優に越えているような外観だった。周囲を高いブロック塀に囲まれてはいるが、門のところまでくるとその全容が確認できる。発見者の老人はここから覗いたのかもしれない。庭木は何本かあるが、手入れ不足のようで、枝先が道路まで出ていた。駐車場はなく、足元には砂利が敷き詰められている。

「まだ現場保存の最中だから、余計なことをせずについて来て」

アパートの敷地内に入った雄太が早口に伝えてきた。

俺は無言で頷く。顔を伏せたのは一階の手前の部屋に若い制服姿の警察官が仁王立ちしていたからだ。

「ご苦労様」雄太が警察官に声をかける。「中、いいかな」

ドアが開かれ、あっさりと通ることができた。扉が閉められ、陽光が遮られた。宇野は防犯に熱心だったのか、扉には補助錠がつけられている。

「部外者を簡単に通すとは、警察も甘いな」

「健ちゃんがそれを言うかな」

雄太が肩を落とす。

「お前が、白いシャツとスラックス姿で来い、って言った理由が理解できた。俺も刑事に見えたってことだよな」

「そうだね」雄太は淡白に応じた。「一通り鑑識の捜査は終わってるけど、あまりあちこち触らないように」

「わかってるよ、うるせえな。ガキじゃねえっつうの」

「触れるなら、これを使って」

雄太が白い手袋を差し出す。

俺はそれを奪うようにして受け取った。

部屋は八畳の生活スペースと狭い台所に分かれていた。玄関を上がったところに洗面所とユニットバスへつづくドアがある。家具は少なく、目立ったものはテーブルとソファのみ。テレビは無造作に床に置かれていたし、ゲーム機やそこから伸びるコードも整理されることなく、床を這っている。カラーボックスはゴミ集積場で拾ってきたような傷みが見受けられた。洗濯物がカーテンレールにかけられたままだ。

緑色の薄いカーペットには白い粉が付着していた。

「あの日のままか？」

俺はぐるりと見回し、質問した。

「だいたいはそうかな。少しくらい動かした物はあるかもしれないけど」雄太が奥の窓近くを指差した。「あのあたりに被害者が倒れてた」

青色のカーテンに黒い染みのようなものが広がっている。おそらく襲われた際に被害者の血によって汚れたのだろう。雄太に確認はしない、すぐに視線を逸らした。

「こういう格好で」と雄太は両手を軽く上げ、立ったままうつ伏せに倒れている姿を表現する。

「右手には団扇《うちわ》を持っててさ……」

「団扇？　聞いてねえぞ」

「はじめて言った」雄太が黒目だけを天井に向けた。「かな」

「もういいよ。肝心なことを話さないのが、雄太だ。で、どんな団扇だった？」

「どんな、って言われても……普通の竹製団扇。お城の絵柄だったかな。意味なんてないよ。思わず掴んでしまっただけだろうし」

「馬鹿」俺は呆れる。「ダイイングメッセージって知らねえのか」

「被害者が絶命前に犯人に繋がる何らかのヒントを残す」雄太は淡々と答えた。「普通、そんな余裕はないけどね。それに、警察はそこを重要視して捜査はしない。過去の人間関係、麺や小麦という状況証拠のほうを優先する」

「余裕があったらどうするんだよ」

「……健ちゃん、嫌な予感がする」雄太が警戒する。「団扇を持って来い、とか言わないよね」

「持って来い」俺は前歯を剥き出して笑った。「さっき警察署の管理の甘さを指摘してたよな。ってことは、麺と同じように持って来られるはずだ」

「あー、余計なこと言わなければよかった」

俺はそこで思い出す。「ここに撒かれてた小麦粉の鑑定結果はどうだった？」

「中間質小麦。一般的な家庭用小麦で、うどん作りに向いた、いわゆる中力粉ってやつだったよ。小麦粉っていうのは業務用では細かく分類されてて用途別、等級別に百種類近い製品があるんだって？」

「らしいな」俺は頭を縦に揺らす。「撒かれた小麦粉も、どこでも手に入る代物か。証拠品の麺と同じだな」

「どちらもスーパーマーケットで購入した、ってことか」雄太が唸った。「京香ちゃんはわざわざそんなことをしない、よね」

「というか昨日、京香ちゃんはこの場所を訪ねたとき、何も持ってなかったんじゃねえのか。ののの屋にはおそらくこの部屋を訪ね、用事を終わらせたあとに立ち寄ろうと思ってた。面倒な昔の男との話し合いに挑むなら、小麦粉や麺は必要ない。というか、普通は持って行かねえだろ」

「だったら、どうして部屋に小麦粉とうどんの麺が……」

「だからこそ、スーパーマーケットの小麦粉と麺が必要なんじゃねえか。真犯人は京香ちゃんを犯人に仕立てようとしてるんだ。商店街周辺に住む人間なら、京香ちゃんがいつも小麦粉とうどんの麺を持ち歩いてることを知ってるからな」

「そうか」雄太が驚くように納得した。「じゃあ、京香ちゃんがこの部屋を訪れる前に、別の人間がここにいた、ってことか」

「それを確認しに来た」俺は口元を触り、唸る。「なあ、雄太。お前が京香ちゃんを部屋に招くならどうする？」

雄太は想像を膨らませ、もじもじとする。

「想像で照れるな。真面目にやれ」

雄太は大きな咳払いを挟み、そうだなあ、と腕を組んだ。

「まず部屋に招き入れて、ソファに座らせるかな。それからお茶を出す」

「だよな」俺は二人掛けソファに腰を下ろした。「さっきからずっと気になってたんだが、あれはねえよな」

雄太が俺の視線の先を追いかける。正面の壁に貼られたビキニ姿のピンナップガールがこちらに微笑みかけていた。しかも、三枚。

「独り暮らしの男なら別に変じゃないんじゃないかな」

「好意を抱いてる女を部屋に招き入れるんだぞ。これ見よがしに一番目立つ場所に貼ってあるじゃねえか、どう考えてもマイナスだ」

「僕なら剝がすけど……」雄太が考える。「京香ちゃんが突然、訪問したのかもしれない」

「だとしても、剝がすくらいの時間はあるだろ」俺は反論した。「それに、テレビの横に置かれた物。アダルトＤＶＤだろ。時間がなくても、これはさすがに隠すよな」

「真っ先に隠すね。こういうものに理解を示さない女性は多い。普段は置きっぱなしでも、神経質になるかもしれない」

「だろ」俺は得意げに指差す。「ということは、結論が見えてくるな。宇野は京香ちゃんが訪れる前に、何者かの手によって殺されたんだ」

「でもさ、京香ちゃんは何度もこの部屋を訪れてる。宇野はそのたびにピンナップ写真を剝がして、また貼りつけてたんだろうか。何だか、面倒だよね。その手間が苦にならないほどこのグラビアアイドルが好きなのか……。でも、写真集らしきものはない」

「……そうだな」

「でも、現場に撒かれた市販のうどんと小麦粉の件を考えれば、別の人間がこの部屋にいたことは間違いないように思う」

「だよな」俺は立ち上がった。「今度は宇野の友人や仕事先の人間に話を聞きに行こうぜ」

「ちょっと待ってよ」雄太が手の平を向けて制止する。「僕はこれから署に帰らないといけないんだ。報告することもできたし」

「そんな悠長なことを言ってられるのかよ。別に犯人がいるなら、京香ちゃんはどこに行った？　犯行現場には宇野の血液しかなかったんだよな。京香ちゃんが残したのは指紋だけ」

「う、うん」

「だったら京香ちゃんは無事で、犯人に捕らえられてるかもしれねえ。けど、ずっとその状態じゃねえぞ。罪を着せられ、自殺に見せかけて殺されでもしたら手遅れになる。それでもいいのか」

「健ちゃん」雄太が身体を反転させた。「急ごう」


宇野清喜の友人三人に話を聞いたけれど、鈍い反応だった。仕事中ということもあり、今朝も警察に同じ質問をされたということもあって、面倒そうに対応される。その中の一人は、職場である自動車整備工場の前で、「友達じゃない」とはっきりと言い切った。迷惑だ、とも。

宇野は逮捕され、昔の仲間との繋がりを失ったようだ。出所しても一度だけ連絡があっただけ、なのだそうだ。つれない対応をしたせいかもしれない、と昔の仲間は想像したが、前科のある人間を家族に近づけたくなかった、とその理由を語った。

「宇野も不便《ふびん》な奴だよなー」

俺はタクシーの後部座席でつぶやく。

「思ってもないくせに」と雄太。

「見抜くねー」俺は隣を向く。「さすが俺の友人。宇野が仲間に捨てられるのは、自業自得。だから、昔の恋人である京香ちゃんとの復縁にこだわってたのかもしれねえな」

「前を向いて歩んでる人間にとっては、大迷惑だ」

雄太は鼻息を荒くして憤る。

二十分後、宇野が働いていたという弁当製造宅配業者に到着した。狭い駐車場を過ぎ、白い二階建ての社屋に正面から入る。すぐに事務スペースがあり、来訪者である俺たちに制服姿の若い女性が応対した。

警察の訪問というのは歓迎されない。受付の女性は溜め息をつき、宇野について詳しい話のできる従業員を呼び出した。

奥から出てきたのは、三十代前半の全身白い作業着姿の男だ。すでに警察の訪問だと告げられているのか、だるそうに足を運ぶ。目の前まで迫り、「またですか」と不満を洩らした。外を指差し、出るように促す。

三人で社屋を出ると、従業員の男はマスクを外し、おもむろに煙草を取り出して火を点けた。のっぺりとした顔立ちで、髭が濃い。

「森《もり》さん?」

俺は従業員の男の胸につけられたバッジを見る。

「そうだけど、今日は何？」煩わしそうな態度。「前も話したけど、宇野とは親しかったわけじゃなく、仕事の指導をしてただけだからな。前科があったことも、殺されてはじめて知った。そういう関係だよ」

「じゃあ、何も知らない？」

「元恋人に言い寄ってたのは知ってる。そう話したろ」

「はい」と雄太が頷いた。

「きっとその元恋人に対してストーカーじみた行為をやってたんだよ」森が煙草を燻《くゆ》らせる。

「だってよ、あいついつも帰宅する際の帰路が違うんだぜ。今日は正規のルートだと思えば、次の日は遠回り。その次の日は自宅とは逆の方向にバイクを発進させる。どうやって相手の行動を調べるのか知らないが、相手の行動によって帰り道を変えてたんじゃないのか」

その推理は外れている。瀬能京香はうどん店の二階に住み込みで働いており、出勤の必要はなく、うどん店巡り以外あまり出歩くタイプではないので、いろいろな場所に赴いてつけ回すという行為は当てはまらない。

「だからよ、ストーカー行為が行き過ぎて、元恋人に殺されたんじゃねえのか」

「それじゃ駄目なんだ」

俺は無意識に言ってしまう。

「駄目？」

「いや、何でもない」

「あー、でも、最近は独りで帰ることは少なくなってたかな。会社に慣れたってこともあるんだろうけど、同僚を誘って飯を食って帰ることが多かったかもしれない。元恋人への気持ちを吹っ切ろうとしてたのかもな。きっとそうだよ」

「きっと、と言い切るにはほかにも理由が？」

雄太が突っ込んで訊ねる。

「あいつ、引っ越しを考えてたんだ。いい物件知らないか、って質問されたことがある」

「その話は聞いてませんが」

「今、思い出したんだよ」

森は不服そうに声を尖らせた。

「なあ、雄太」俺は指で顎を触る。「宇野の奴、誰かにつけ回されてたんじゃねえのか」

「何言ってるんだよ」雄太が笑った。「復縁を迫ってつきまとってたのは、宇野のほう」

「復縁を迫ってる男が別の誰かにつけ回されちゃいけない、ってことはねえだろ」

「それは、そうだけど……」

「自分がストーカー被害に遭ってると想像するんだ。まず気をつけるのは戸締まりだよな。宇野の部屋、補助錠がつけられてた。大金や金目の物を手元に保管してるんじゃなきゃ、男の一人暮らしには必要ねえ。それに、帰路がばらばらってのは、つけ回されるのを嫌って、とも考えられる。同僚を飯に誘うようになったのは、独りになりたくなかったからだ」

「……引っ越しを考えてたのは、ストーカー被害から逃れるため」雄太が首を捻る。「森さん、そういう話を聞いたことはありますか」

「いや、まったくないな」

「ストーカー被害に遭ってるなら、周囲の人間に話すんじゃないかな」雄太が意見を言う。「宇野は復縁がうまくいかないことを話してるんだよ。ストーカー被害のことを話さないのは不自然だと思う」

「……そっか」俺は推理を引っ込めた。「じゃあさ、森さん、これは答えられるかな。宇野と団扇っていう作文を書くなら、どう書く？」

「それは簡単だ」

俺は驚きとともに雄太と顔を見合わせた。

「簡単？」

「うちの会社は入社すると、団扇作りの工房に体験に行くことが研修の一つになってる。得意先ということもあるけど、地元産業に関する講習を受けて、それを体験することによって、より地域に溶け込み貢献できる人間になる、という趣旨があるらしい。俺もやったよ」

「そういえば」雄太が閃くように思い出す。「団扇には企業や商店の名が印刷されてなかった」

「作った団扇は持って帰れるんだ。竹団扇だったろ」

「中学の頃、団扇作りの工房に見学に行ったよね」と雄太が昔話をした。

そうだったろうか、と思い出そうとするが、まったく記憶になかった。

「団扇の出所はわかった」俺はまとめるように声に出す。「その工房で働く誰かが犯人ってことはねえか」

「あれがダイイングメッセージで、推理がその通りだとすれば、犯人は絶対に宇野から団扇を奪うだろうね。ヒントが直接的すぎるもの」

「……それもそうだな」

俺は舌打ちを響かせ、頭を掻いた。

「でも、今まで聞けなかった新たな宇野像を知ることができました」雄太が森に礼を言う。「捜査本部に持ち帰って報告を入れます」

「役に立てたんなら、よかった」森が煙草を捨て、長靴の裏で消した。「早く犯人を捕まえてくれよ。何度も来られちゃ鬱陶しい」

すみません、と雄太は頭を下げ、森の背中を見送った。

「今日はこのへんで戻るよ」雄太が言う。「これ以上つき合うと、上司に怒鳴られるだけじゃ済まなくなる」

「ああ」俺は素直に受け入れた。「また明日だ」

次の日、午後五時過ぎに雄太が佐草うどん店にやって来た。誰もいない店内にはテーブルに向き合って座る俺たちだけがいる。店の蛍光灯は半分消しており、薄暗い。今日は紗彩も来る予定だったが、急ぎの仕事が舞い込み、不参加となった。

雄太がカバンを開いて大きな茶封筒を取り出した。中身はビニール袋に入れられた団扇だ。

俺は一緒に差し出された手袋をつけ、それを受け取った。

「おい、雄太」ゆっくりと口を動かす。「団扇が三本あるなんて言ってたか」

「伝えた記憶はないかな」

「どうして言わない」

「本数まで訊かれなかった」

俺は重たい息を吐き出した。「どれも竹団扇だな。すべて宇野が作ったものか?」

「調べによるとそうらしい。団扇作りが面白かったようで、納得できるまで、つづけて三本作ったらしいよ」

「絵柄は城に、花火に、朝顔か」俺は手元の団扇を眺める。「宇野はこの中の城を握ってたんだよな」

「あとの二本はかたわらに落ちてた」

「ん?」俺はあることに気づく。「この花火の団扇の柄、城の団扇と同じように汚れてねえか」

「そうだね。両方とも被害者の血液と断定されてる。自分の血で濡れた手で握ったあとも残ってた」

「ってことは、宇野は花火の団扇も握ったってことだよな。けど、花火の団扇は握られてなく、被害者のかたわらにあった。絶命の直前に、宇野は選択したんだよ。城の竹団扇にメッセージが隠れてる気がしねえか」

「匂いくらいはする、かな」

雄太は納得しているようではない。

「匂いだけじゃ不充分か。メッセージを受け取り、それを解く必要もあるしな」俺は椅子の背もたれに背中をつけた。「で、今から縫製工場に行くんだよな。そこに何がある?」

「昨日、健ちゃんがストーカー被害のことを話してただろう。宇野が何者かにつけ回されてたんじゃないか、って」

「それを否定したのは雄太だ。ストーカー被害に遭ってたなら周りに相談してる、ってな。もしかして、ストーカー被害を裏づける情報が出たのか?」

「出てない」雄太が細かく首を振る。「でも、ずっと引っかかってたんだ。ストーカー被害を相談できない何らかの理由があったとしたら、言わないんじゃないか、って」

「何らかの理由って何だよ」

「それは、わからない。でもさ、今朝もう一度、宇野が働いてた会社を訪ねて話を聞いた。宇野がストーカー被害を受けてたなら、仕事関係の人間という可能性が高い。健ちゃんも知ってるように、宇野の昔の友人は皆、距離を置いてる。それに宇野は刑務所から出所して間もない。仕事場以外で新しい関係を構築するのは難しいだろう。まったく知らない人物がストーカー化することもあるけど、可能性は低いよね。だから、相手がストーカー化するなら、会社の人間か、取引などのある会社の人間かもしれない、と考えた。宇野は弁当の製造だけじゃなく配達もしてたそうだから」

「ちょっとは警察官らしくなったじゃねえか」

俺は見違えたように話す雄太から視線が外せない。

「それはよかった」雄太が軽く表情を緩めた。「それでさ、質問をした。同僚の中に宇野に好意を寄せていた人物はいなかったか、と。それから、宇野が配達を変更してくれ、と申し出た場所はないか、と」

「どうだった？」

「最初の質問は、いない、と即答された。次の質問に対しては、変更を申し出た配達先はなかったけど、配達を嫌がるような素振りを見せていた場所はあった。といっても、面倒な配達先や取引先はほかの従業員も一ヵ所くらいはあるようで、警察にそのことを話すことはなかったようだけど」

「その配達先ってのが、縫製工場か」

「江本縫製工場」

「江本って、そこの」俺はその場所に心当たりがあり、厨房の奥を指差すように腕を上げた。

「駅裏にある小さな工場のことか」

「正解」雄太が慎重に頷く。「地図を見せて確認したから間違いない。従業員十人分の昼食を年契約してるそうだよ」

「おいおい」俺は跳ねるように立ち上がった。「このあたりに仕事場のある人間なら、京香ちゃんが小麦粉やうどんを持ち歩くってことを知っててもおかしくねえよな」

「そう思う」

雄太が腰を上げた。

「けど、いいのかよ。そんな大事なことを上に報告せずに素人の俺と組んで事を進めて」

「今さら何の心配？」雄太が微笑む。「所轄の下っ端刑事の確証もない話だけじゃ本部はすぐには動かない。上がいったん決めた捜査方針を転換させるのは容易じゃないんだ。本部の方針は最重要容疑者として京香ちゃんの行方を追うという一点に固執してる」

「なら、俺たちが勝手に動くしかねえか」

頷き合い、二人で店を出た。夕日が顔に射したところで、雄太が口を開く。

「部屋に撒かれてた小麦粉と麺のことだけど、事件当日、現場周辺のスーパーマーケットでその二商品を購入した人物がいないかと調べてみたけど、見つからなかった」

「そうか」

「それと、現場の部屋に貼られてあったピンナップ写真だけど、どれも今週はじめに発売された雑誌に掲載されていたものだとわかったよ」

「今週……何でいきなり貼ったんだ？」

「その問いに答えてくれる口はもう動かない」

雄太からの報告を聞いたあとは、商店街を抜けるまで無言だった。駅舎が見えると、一言だけ会話を交わす。

「なあ、雄太。宇野清喜が握ってた団扇はどんな状態だった？」

返事を聞き、俺は頷いた。


駅舎を越えると、すぐに工場が見えてくる。小さな月極駐車場の隣だ。錆びたトタンの壁に囲まれ、簡易な窓が夕陽を反射している。脆く、弱い。そういう印象が受け取れた。看板が設置されているが、何とかその文字を確認できるといった様相だ。

建物の中に入ると、右手に事務机が四つ並べられた場所がある。奥は仕切られずにミシンが並び、一台に一人ずつ腰掛け、作業をしていた。細かい埃が舞い、作業員は皆マスクをしている。ミシンで布を縫いつける音が絶え間なく喧しく響いていた。今日は土曜日であるが、忙しそうに働いている。

こちらに気づき、小太りの中年女性が笑みを浮かべながら近づいてくる。

「どちら様でしょうか」

雄太が身分を明かすと、女性の顔が緊張した。振り返ると、「社長」と呼ぶ。

最奥の席から大きな体躯の男が現れる。女性がこちらを紹介した。

細いフレームの眼鏡をかけ、広い額を強調するように前髪を後ろに撫でつけた社長は表情を曇らせる。五十代と思しき彼は頭を少しだけ下げた。

「どういった話でしょう」男が不安そうに額を掻く。「ここは私とこの事務員、それから八人の作業員でやってる小さな工場です。毎日忙しく、少しの時間も惜しいんですが」

「すみません、手間は取らせません」

「少し前にも警察のかたに話を聞かれましたが、まだ何かあるんでしょうか。弁当を配達していた男性のことについて、ですよね」

「あんたが、ここの代表？」

俺は不躾に訊ねる。

「はあ」溜め息にも聞こえる返事。「江本夏夫《えもとなつお》ですが」

「お忙しいと仰いましたが」雄太が口を挟む。「江本さんもミシンがけをするんですか」

「いえいえ、私はもともと役所に勤める公務員でして、しかし、父が病に伏せてからは父の意向もあって、この工場を受け継いだ次第で……。というわけで、ミシンに関してはあまり自信がないんですよ。素人同然です」

「じゃあさ」俺は二人の会話をよそに視線を別に向けた。「事務員さんの名前は?」

「広島悦子《ひろしまえつこ》といいますが」事務員の女性は心配そうに答えた。「それが?」

「気にしなくていい。疑問を持たずに素早く返答してくれたほうがすぐに終わる。ほかの従業員の名前も教えてくれねえか」

俺はこちらに背中を向け、一心不乱にミシンに向かう作業員たちを眺めた。年齢はばらばらで、若い女性もいればベテランらしき初老の女性も見受けられる。共通しているのは、全員が女性ということだ。

「えーと、手前に座る赤い上着の彼女が」と一人一人説明をしようとする事務員を制止し、名簿のようなものはないか、と俺は訊ねた。

女性が壁に立てかけてあったものを持ってくる。

「タイムカードでいいかしら」

俺は一枚ずつ目を通す。そして、あるカードのところで手を止め、その人物を呼ぶように指示した。

事務員の女性が手前のミシンで作業をする女性のところに赴き、肩を叩いて事情を話す。女性はマスクを取って腰掛けたまま見上げ、要領を得ない話を聞かされた際のような表情を浮かべた。

女性が立ち上がり、こちらを見た。三十代前半の彼女は首を傾げながら眼前に立つ。目鼻立ちがはっきりしているためか、薄化粧でも整った容姿だとわかる。雑多な工場で埋もれるように働くのがもったいなく思える女性だった。

「刑事さんですか」彼女は細い声を発する。「話って何でしょうか」

刑事と間違われたことについては否定しない。説明するのは時間がかかるし、そのほうが都合よかった。短い間ののち、俺は口を開く。

「宇野清喜っていう男を知ってるか」

「ええ、まあ」彼女は肩まで伸ばした後ろ髪を触りながら、ぎこちなく頷いた。「最近になってお弁当を配達してくれるようになった人よね」

「顔見知りである、と?」

「お弁当を受け取ったりするから、話くらいはしたことあるけど……」

「どう思いました?」

「どう、と言われても」彼女は困る。「明るい感じの人物ではなかったかしら……。でも、普通だと思いましたが」

「彼が殺されたことは?」

「もちろん知ってます。身近な人間が殺されるなんて思ってもみませんでした」

「あの、すみません」雄太が身体を滑り込ませるようにして言葉を強引に挟んだ。「忙しいということなら、作業を止めさせるのも悪い気がします。江本さんの奥様に話を聞かせてもらう、ということでもよいのですが」

「いやー」江本が首の後ろをぽんぽんと叩いた。「結婚には縁がないようでして、まだ独り身なんですよ」

「何言ってんのよ、あなた」狼狽するように事務員の女性が割り込んだ。「余計なことはいいから、早く話を進めて。そのほうが早く終わるわよ」

「そうだぞ、雄太」俺は話の腰を折られ、睨んだ。「俺の話が終わってねえ」

「そうだね、それは失礼だった」

　崩れかかった会話を立て直そうと、俺は大きく咳払いをした。

「宇野清喜は殺されるとき、団扇を持ってたそうなんだ」作業員の女性を見る。「薄れゆく意識の中で必死に掴んだんだろうな。ダイイングメッセージって知ってるか？」

「はい、推理小説は好きなので」

「宇野清喜が握ってた団扇の絵柄、城だったんだよ」

「……城」

「それでな、宇野はストーカー被害に頭を悩ませてた節がある。それに、この工場に弁当の配達をすることを嫌がってた。宇野の人間関係は狭く、ストーカーは会社の人間か、取引先の人間じゃねえか、と俺たちは考えてる。そいつが殺したんじゃねえか、ってな」

「も、もしかして」彼女は唇を震わせた。「私のことを疑ってるんですか」

「そうだよ、城田《しろた》保子《やすこ》さん。あんたは宇野清喜をつけ回してたストーカーで、思いが届かず殺してしまった。そのとき気づかなかったんだよな、宇野が握ってた団扇のことを。いや、気づいてたのかもしれねえが、気にもしなかった。なぜなら、団扇は裏を向いてたんだからな。城の絵は見えなかった」

先ほど雄太に確認したのは、団扇の表裏だ。

「ダイイングメッセージは単純なものじゃなくちゃいけねえ。というか、そうならざるを得ねえ。絶命まぢかの人間には時間がねえからな。真っ先に思いつくのが、自分を殺した人間の名前だ。城の絵柄で、城田。あんただよ」

「そ、そんな」城田は驚きを消化できないようで、表情に露出したまま固まっている。「私じゃありません」

「そうよ、何言ってんのよ」事務員が参加した。「城田さんがストーカー？　これはお笑いだわ。彼女は新婚さんなのよ。そんな馬鹿なことするわけないでしょう」

「人間は時々、馬鹿なことをするんだっつうの」

「違います」城田は目を潤ませ、懇願するように言った。「私じゃありません」

「犯人はいつもそう言う」俺は冷淡に言い放った。「な、雄太」

「……そうだね」雄太が煮え切らない調子で頷く。「城田さんは犯人じゃないよ」

俺は裏切られたような心地になり、睨むように隣を見た。

「何で？」

「彼女が犯人なら、同僚に話してもなんら障害はない。むしろ、こんな綺麗な女性に言い寄られてるなんて、僕だったら自慢するように話す」

「……そう言われりゃそうだが」俺は反論を探す。「宇野は自慢げに話すことに抵抗があったんじゃねえのか」

「弱い理由だね。それと、健ちゃんの推理には穴がある」

「何だよ」

「宇野清喜は団扇の絵柄を確認できる状態じゃなかった。顔も切られてた、って言ったはずだよ。右の瞼と額が切られ、両目の中に血が流れ込み、真っ赤だった。あの状態じゃ瞼を開いておくことは不可能。もし開けたとしても視界はゼロに近かったんじゃないかな」

「そ、そうなのかよ」声が小さくなる。「だったら、誰が犯人だってんだ」

「城田さん」雄太が慎重に声をかけた。「ミシンがけをする作業員さんは爪に気を遣うものでしょうか。毎日、手入れをしたり、とか」

「そうですね」城田が自分の指を揉むようにする。「私の場合はこの通り深爪で手入れと言うほどのことはしていませんが、難しい工程を担当する人間は親指と人差し指の爪を少しだけ伸ばして、襟先の角出しなどで活用することはあります。でも、邪魔にならないかぎり爪の手入れは特に必要ないと思います」

「おい、何の話だよ、雄太」と俺は苛立つように訊ねた。

「僕には姉がいるんだ」

「知ってるよ。県外に出て、ネイルサロンを経営してるんだよな」

雄太が頷く。

「巧みな技術が売りの店で、数ヵ月先まで予約でいっぱいらしい。でも、技術が未熟だった頃は僕の爪を練習台にしてた」

「それが、何だよ」

「甘皮って知ってる？　爪の根元にある薄い皮のこと。これって、このままにしておくと見た目にもあまり美しくなく、ネイルアートの邪魔になるそうなんだ。それに、爪が綺麗に伸びることを妨げる場合もある。マニキュアの仕上がりにだって差が生じるらしい。姉のネイルサロンでは必ず甘皮の処理をするそうだよ」

「で？」

雄太が反転し、こちらに背を向けた。

「江本さん、すべての指の甘皮が綺麗に手入れされてますね」

その指摘に、社長の江本は分厚い手を素早く後ろに引っ込めた。

「江本さんはミシンに関して素人同然という話でした。しかし、あまり自信がないということでもあったので、簡単な工程なら少しは手伝うこともあるのかもしれません」

雄太が首を振って俺の隣に立つ人物を見た。

「そこで城田さんに作業員さんの爪の手入れのことを質問したのですが、特に必要ないということでした。けれど、江本さんの爪は綺麗に整えられている。最近は爪の手入れに熱心な男性もいるそうですが、江本さんは加えて、指の毛も剃って処理しているようです。何か理由があるんですか？」

「理由……」

江本はぼそっとつぶやき、俯いてしまう。

「女性の心を持つ男性というのは、女性よりも美意識が高いと聞きますが、本当ですか。ご結婚もまだなようですし……。すみません、気になってしまったもので」

江本は顔を上げ、はっとした表情のまま硬直した。よく見ると細かく口が動いていたが、声音は発せられていない。

「事務員さんは江本さんの中の女性の部分に気づいていたんじゃないですか。だから先ほど、僕が江本さんに結婚の話を質問したとき、ひどく慌てた」

「わ、私は……」

事務員が俯き、黙る。

「おい、雄太」俺は友人を呼んだ。「この社長がそうだからって、それが何だってんだ」

雄太が手袋を装着し、鞄の中から三本の団扇を取り出した。

「この城の団扇と、この花火の団扇。宇野が触れたのはこの二つ。違いがわかる？」

「絵柄だろ」

「もう一つあるんだ。柄の部分。城の団扇は持ち手の竹の部分が平たく、平柄というもの。花火の団扇は持ち手が丸く、丸柄と呼ばれてる」

「あ、ほんとだ」俺は顔を近づけて確認する。「よく知ってるな」

「中学の頃、説明を受けたはずだよ」

「……そんな気も、するな」

まったく記憶になかった。

「丸柄の団扇は天明年間、丸亀藩が武士の内職に奨励したこともあり、代表的な地場産業に発展した。その後、平柄は丸柄に比べて製造が簡単で、大量生産にも向いてるために現在の丸亀団扇は平柄が主流になってるそうだよ」

「丸柄と平柄」俺はつぶやく。「そのくらいなら、目が見えなくても触ればわかるな」

「宇野清喜は襲われたとき、偶然団扇を握ったのかもしれない。おそらく最初は丸柄、それから平柄へと持ち替えた。健ちゃん、選択だよ」

「そこにどういう意味がある？」

俺の声は興奮していた。

「団扇の材料として使われる竹には、男竹と女竹というものがある。男竹は皮が硬く、表面は滑らかで光沢がある。女竹は細くしなやかで、表面が荒く光沢がない。節が飛び出しているのが男竹で、へこんでいるのが女竹。これも触れば判断できる」

雄太の言わんとしていることが理解できたが、口を挟まずにつづきを待った。

「そして、丸亀団扇の平柄のものは男竹で作られている。団扇工房で職業体験をしたなら、宇野は今言ったような説明を受けたはず。宇野清喜は絶命前の一瞬で考え、その説明を思い出し、犯人は女ではなく、男だと伝えようとした」

江本の顔は紅潮し、額に汗が滲んでいた。落ち着きなく、指を動かしている。

「なるほどな」俺は頷く。「こんなおっさんにストーカーに遭ってるなんて、周りには恥ずかしくて言えねえかもしれねえ。俺が相談を受けたら、同情しながらも笑っちまう」

「それに、江本さんは宇野が勤めていた会社にとって上客。会社に事実を告げても、守るべきは刑務所を出所したばかりの従業員ではなく、年間契約をしているお得意さん。そのことがわかっていて、宇野は何も言えなかったのかもしれない。不用意に愚痴を吐いて、ようやく見つかった働き口を失うことを恐れた、ということもあるだろうね」

「そういうことか」俺は江本にぎりぎりまで身体を寄せる。「てめえが殺したのか」

江本はじくじくと広がる鈍痛に耐えるような顔つきのまま反応しない。

「あなたは事件当日、つまり今週の水曜日の午前中、宇野さんから話があるとでも言われて彼のアパートの部屋に呼び出されたのではありませんか。もしくは、あなたが強引に約束を取りつけた」

江本は雄太の問いかけに答えない。

「何でそう言える?」と俺は質問した。

「壁に貼られたピンナップ写真。それに床に置かれたアダルトＤＶＤ。それらには宇野の主張が隠されていたんじゃないかな。自分は女性が好きなんだ、というアピール。嫌われようとしていたのかもしれない」

「なるほど」俺は頷く。「宇野とおっさんは会う約束をしていた。だから急遽、発売されたばかりの雑誌に載っていたピンナップ写真を壁に貼ったのか。どうなんだよ、おっさん。反論はあるか」

江本が顔を上げ、こちらに鋭い視線を飛ばした。目が充血している。

「ここで答えなくても、徹底的に調べさせてもらいます。事件当日、現場近くのスーパーマーケットでは小麦粉とうどんの麺を購入する人物の姿を見つけることができませんでしたが、範囲を広げれば見つかるかもしれない。それに」

雄太の声が厳しさを増す。

「これからあなたの住居、工場、事務所などありとあらゆる関係先を捜査する。そこに女性が捕らわれているなら、あなたは言い逃れできない。その女性が少しでも傷ついていたら、僕はあなたを許さない」

追い詰められた人間が取る行動は決まっている。

逃げるのだ。江本も同じく身体を震わせたかと思うと、出口に向かって足を前に出した。そのタイミングを見計らっていたかのように、雄太が江本の腕を掴んで足をかけた。巨体が床に転がる。うつ伏せに倒れた江本の背中に雄太が膝を落とし、体重をかけた。つづけて、腕を後ろに捻じって動きを封じる。

「健ちゃん、警察に連絡を入れて。僕の名前を出していいから」

俺は警察官阿野雄太の指示に頷き、素直に従う。事務員の女性に電話を借り、110番を押した。電話の相手に素早く詳細を伝える。

「なあ、雄太」俺は緊張感を持続する背中に声をかけた。「お前は最初からそのおっさんが怪しいと疑ってたのか」

「まったく」雄太は振り向かない。「ただ、江本社長の指先の違和感をきっかけに推理を広げると、疑問点が解消された。逆算するような形だけど、団扇のメッセージにも気づけたし、ね。それだけだよ」

「おばちゃん」俺は馴れ馴れしく事務員の女性に声をかける。「こいつ俺の友達で、警察官なんだ」

「ええ」事務員の女性は動揺を抱えながら頷いた。「知ってる。あなたもでしょう?」

「ははっ!」

俺は後頭部を叩き、乾いた笑い声を響かせた。

江本夏夫はその日のうちに犯行を全面的に自供した。

雄太の推理通り、江本は事件当日に宇野から呼び出されたのだそうだ。電話口で、「最後の話し合いをしよう」と言われ、江本は包丁を準備して宇野のアパートに赴く。話し合いはやはりこじれ、犯行に及んだ。

その直後、運悪く京香が宇野の部屋を訪問する。江本は京香を包丁で脅し、部屋にあった粘着テープで身体の自由を奪うと、一旦現場を立ち去った。アパートから離れた場所に停めていた自家用車で自宅に戻った江本は返り血に染まった服を着替えると、二つ隣の町にある個人商店に入り、そこで小麦粉と市販の麺を購入したそうだ。店に監視カメラはなかったが、店員が江本のことをよく覚えていた。

江本は宇野の部屋に小麦粉と市販の麺を数本撒き、自宅の二階に京香を監禁する。行き当たりばったりの一連の偽装がほとんど目に触れずに進められたことは奇跡だと言えよう。

男の自宅から見つかった瀬能京香はかなり衰弱した状態で入院が必要だったが、命に別状はなかった。心底安堵する表情を浮かべた雄太の顔が印象的だった。

京香が退院できたのは四日後。雄太は何度も病室を訪ねたそうだが、俺と親父は一度も見舞いに行っていない。店が忙しかったというのもあるが、何と声をかければよいのか、俺には思いつかなかった。とにかく、こういうしんみりとしたシチュエーションは苦手なのだ。きっと親父も同じ心境だったに違いない。

水曜日の午後、京香は病院の帰りに警察に寄り、雄太が付き添って帰ってくるはずだった。俺は二人の帰りを佐草うどん店で待っている。定休日の店内では親父や紗彩、文子が一緒にいるにもかかわらず、とても静かだ。

何度も壁掛け時計を見る。じれったいほど時間はゆっくりと進み、喉の渇いた俺は何度も茶に口をつけ、文子が空っぽになった湯呑に何度も注ぎ足してくれる。

店の扉が開いたのは、午後四時になろうとしていた頃だった。

まず雄太が姿を現す。促されるようにして、京香が顔を伏せながら店内に足を踏み入れた。

「すみませんでした」

京香が深く頭を下げる。

やはりその言葉を口にした。俺は眉を下げ、小さく嘆息する。だから苦手なのだ。

「お前は悪くねえだろうが」親父が声をかける。「早く顔を上げてしゃきっとしろ」

「そうだよ、京香ちゃん」俺はつづいた。「俺たちはその言葉を望んじゃいねえよ」

紗彩が立ち上がり、京香の背中に手を回して支えるようにする。

「さあ、こっちに来て。とりあえず座ろうよ。退院したばかりで疲れてるでしょう」

紗彩に従うようにして、京香は席に着いた。隣の文子が背中を撫でるようにする。大変だったね、と声をかける。それでも彼女は顔を伏せ、身体を緊張させている。

「もういいじゃねえか」正面にいる俺は覗き込むようにした。「俺たちは何とも思っちゃいねえ」

「あの日……」

「だから、もういいって」

親父が俺の肩を掴んで発言を制止した。

「京香が話したい、ってんだ。聞いてやろうじゃねえか」珍しく優しい声だった。「ここにいる人間は皆、お前の味方だ。遠慮せずに話せ」

「あの日」京香は改めて唇を震わせるようにして話す。「午後から宇野に呼び出されていたわたしは、少し早く彼の部屋に到着しました。何度インターホンを押しても反応がなく、ドアノブを回すと施錠されていなかった。そのまま帰ればよかったのですが、気になって中を覗いてしまった。そこで無残な姿の彼を発見したんです。現場にはもう一人訪問者がいて……」

「江本だな」と俺は確認する。

京香が頭を前に倒した。「迷惑ばかりかけて……」

「迷惑ばかりかけてんのはうちの馬鹿息子だ」

腕を組んだ親父が言い切る。

「そうだよ」俺は同意して頷いた。「京香ちゃんのは迷惑とは言わねえ」

京香が否定するように激しく首を振る。

「わたしは何も話さず、何も解決できず、みんなに心配をかけるだけかけて……」

自己批判をつづける京香の声が涙声に変わった。

「わたしは心配をかけてばかりです。父も心配したまま死んでしまった。わたしがどうしようもない馬鹿だから、周りに迷惑かけてばかり……」

「京香の母親はうちと同じように病気で亡くなったんだよな」親父が発言する。「そのあと、親父さんも亡くなった」

「はい。母はわたしが高校生のときに亡くなりました。その頃からわたしは父にとって自慢の娘ではなくなった。家にも学校にも寄りつかず、遊んでばかり。父には何度も叱られました。ぶたれたこともあった。高校を中退すると勝手に家を出て、その当時交際していた男性のところに転がり込んだ。でも、それも真面目な付き合いではありませんでした。すぐに別れ、また違う男性と付き合う。そんな生活がつづき二十歳になったばかりの頃、宇野と出会いました。そして、安易な考えで大麻に手を出してしまう。警察に捕まり、執行猶予つきの判決が出ると、さすがに反省しました」

俺は短く空いた間を見計らい、茶を喉に通した。小さく息を吐き出す。

「父は何度も面会に来てくれましたが、わたしは顔を見ることもなく、話そうともしなかった。釈放されても父のもとに戻ることはありませんでした」

「まだ反抗してたのか？」と俺は訊ねた。

「違います。申し訳なかったんです。こんなどうしようもない娘は父の恥だと思った。わたしなんていても、迷惑。近寄らないほうが父のためだと思ったんです。でも……」

「でも？」

「釈放されて一年ほど経過した頃だったと思います。町で昔の友人がわたしを見つけ、声をかけられました。そこで父が仕事場の事故で死んだことを知った。新聞などで小さく報道されたそうですが、わたしはまったく知りませんでした。その時点で、父さんが亡くなって、すでに数ヵ月が経過していたんです。わたしは父の死も知らずに暮らしていた。友人の話だと、父はずっとわたしのことを探していたそうです。それなのにわたしは……」

京香の頬を後悔の涙が伝う。

「親不孝という言葉さえ甘く感じられる、駄目な娘。父はずっと迷惑していたと思います」

「本物の馬鹿だな、お前は」親父が出し抜けに唾を飛ばした。「親ってのはな、子供のやらかすことを迷惑だなんて思わねえんだ。心配をかけてばかりだと言うがな、親なんてものは子供がどんなに立派に成長しても心配する。どこにいても気になるもんだ。それが親。迷惑かけっぱなしだと？　それでいいじゃねえか。それが子供だ。京香、お前は親父さんにとって可愛い娘だったよ」

京香がゆっくりと顔を上げる。頬に涙のあとが何本も走っていた。

「……本当、ですか」

「ああ、間違いねえよ。馬鹿な子供ほど可愛い、ってな」

親父が腕を振り、俺の後頭部を叩く。

「いってぇーな」

俺は睨むが、馬鹿息子としてはこれ以上文句の言いようがなかった。

「関係ないですよ」雄太が想いを届かせるように声を発した。「今の京香ちゃんは、誰が何と言おうと自慢の娘だと思います」

「そうね」紗彩が頷く。「どこかの馬鹿息子より確実に胸を張れるわね」

「おい、俺を引き合いに出すんじゃねえよ」

俺は口を尖らせる。

「おじさん、驚くべき成長よ。健太郎が馬鹿息子だって自覚してる」

「だから、やめろって」

「さて」親父が勢いよく立ち上がった。「うどんでも作るか」

「ぼけてんのか、親父」俺は見上げた。「今日は定休日だ」

「そんなことはわかってんだよ」親父が視線を移動する。「食いてえだろ、京香。お前にとっては幸せの味だもんな」

「はい」京香が頷くと同時に涙が落ちた。「ここは家族三人でよく食べに来たお店なんです。父も、母も、わたしも、笑ってうどんを啜っていました。間違いなく幸せの味です。だからわたしはこの店に修業に来ました」

「面接のときと同じこと言いやがった」親父が哄笑する。「おい、馬鹿息子、さっさと準備をはじめろ。京香も二階に行って着替えて来い」

「あの、じゃあ、わたしはここにいても……」

「当たり前だろ。お前がいなくちゃ忙しくてかなわん。馬鹿息子はまだまだ使い物にならねえからな」

「うるせえよ、馬鹿親父」

「よし、六人分だな」

親父が腕捲《まく》りをした。

「親父、やっぱぼけたか？　七人分だろ」

「お前こそ数も数えられねえのか。幼稚園からやり直すか」

「親父」俺は腰を上げた。「ここには仁亜がいる。前にそう言っただろ」

親父が顔の皺を延ばすように表情を柔らかくする。

「だったら」文子が声を挟んだ。「トワちゃんの分も」

佐草十和子《とわこ》。母親の名前だ。トワちゃんとは母のあだ名だった。

「お袋のうどんを忘れちゃ、怒られる」と俺は笑顔を広げる。

「全員手伝え」親父が手を合わせて景気のよい音を響かせた。「最高のうどんを作るぞ」

俺はその場にいるすべての人間の顔を順番に見た。親父の指示を拒む者などいない。

「よっしゃ、生地を踏むぞ」

声を張り上げ、気合いを入れた。

「うどんの時間だ」

了

この物語はフィクションであり、実在する事件・個人・組織等とは一切関係ありません。

著者プロフィール

山下 貴光（やました たかみつ）

1975年香川県生まれ。京都学園大学法学部法学科卒。

2005年『HEROごっこ』（文芸社）でデビュー。第7回『このミステリーがすごい！』大賞を受賞し、2009年受賞作『屋上ミサイル』（宝島社）を刊行。他に『有言実行くらぶ』『丸亀ナイト』（ともに文芸社文庫）、『ガレキノシタ』（実業之日本社）、『シャンプーが目に沁みる』（講談社）、『イン・ザ・レイン』（中央公論新社）などがある。

うどんの時間

2014年6月25日　初版第1刷発行

著　者　山下 貴光
発行者　瓜谷 綱延
発行所　株式会社文芸社
〒160-0022 東京都新宿区新宿1－10－1
電話 03-5369-3060（編集）
03-5369-2299（販売）

印刷所　日経印刷株式会社

ISBN978-4-286-15405-3